光文社文庫

文庫書下ろし／長編時代小説

橋《はし》場《ば》之《の》渡《わたし》

剣客船頭(十五)

稲葉　稔

JN243291

光　文　社

この作品は光文社文庫のために書下ろされました。

『橋場之渡』 目次

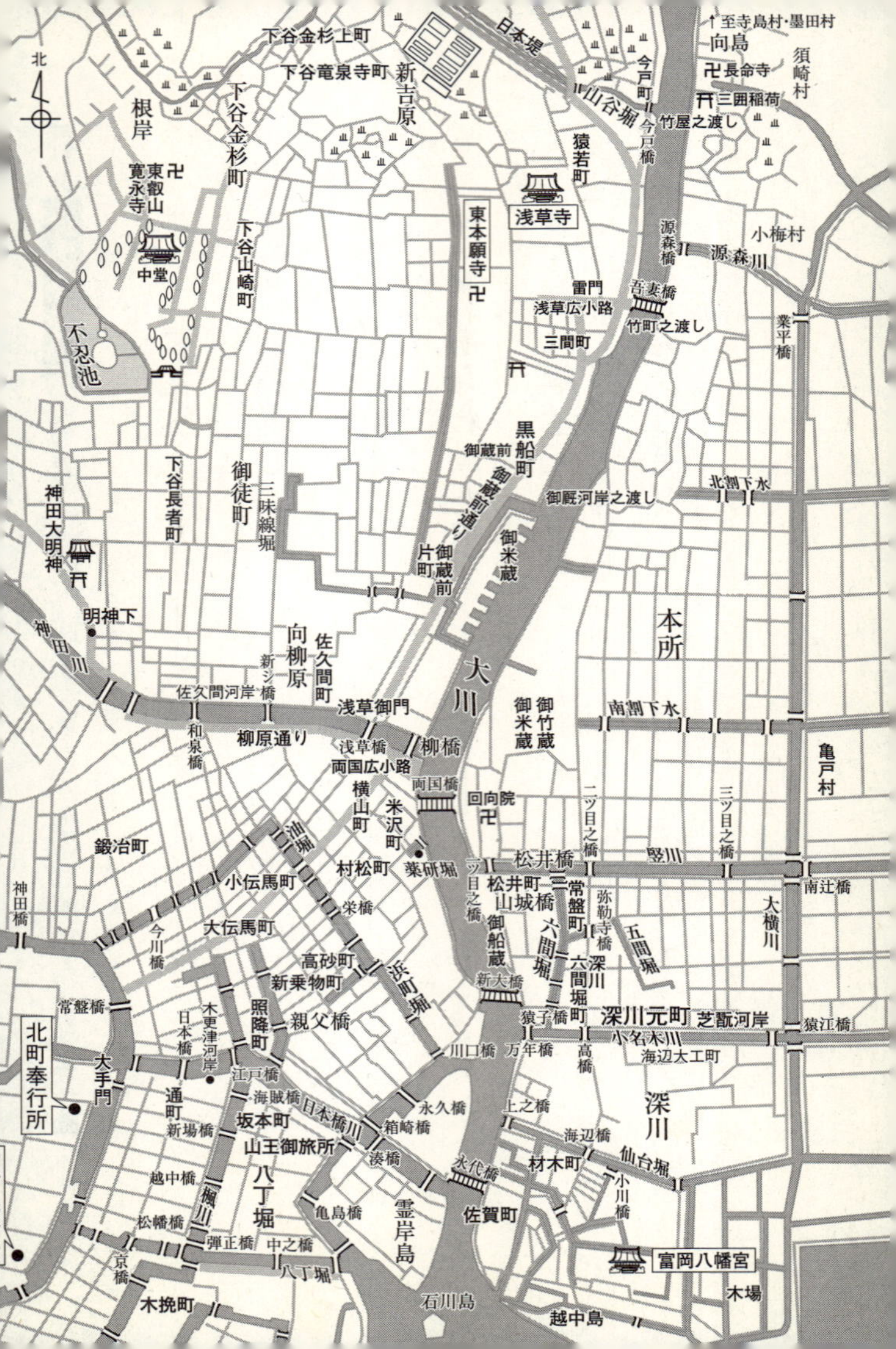
北
下谷金杉上町
下谷竜泉寺町
新吉原
日本堤
至寺島村・墨田村
向島
須崎村
長命寺
三囲稲荷
今戸町
山谷堀
竹屋之渡し
今戸橋
根岸
下谷金杉町
東叡山寛永寺
猿若町
浅草寺
東本願寺
下谷山崎町
中堂
源森橋
源森川
小梅村
雷門
浅草広小路
吾妻橋
竹町之渡し
業平橋
三間町
不忍池
黒船町
御蔵前
御蔵前通り
御厩河岸之渡し
北割下水
下谷長者町
御徒町
三味線堀
神田大明神
御米蔵
片町
御蔵前
明神下
本所
向柳原
佐久間町
神田川
大川
新シ橋
佐久間河岸
浅草御門
御竹蔵
御米蔵
南割下水
和泉橋
柳原通り
浅草橋
柳橋
両国広小路
亀戸村
両国橋
横山町
米沢町
回向院
二ツ目之橋
三ツ目之橋
鍛冶町
村松町
薬研堀
一ツ目之橋
松井橋
竪川
松井町
山城橋
常盤町
弥勒寺橋
南辻橋
小伝馬町
栄橋
大横川
神田橋
今川橋
大伝馬町
御船蔵
六間堀
五間堀
高砂町
新乗物町
浜町堀
六間堀町
深川
新大橋
照降町
親父橋
常盤橋
日本橋
木更津河岸
猿子橋
深川元町
芝翫河岸
猿江橋
小名木川
北町奉行所
大手門
川口橋
万年橋
高橋
海辺大工町
江戸橋
通町
海賊橋
日本橋川
永久橋
上之橋
深川
新場橋
坂本町
箱崎橋
海辺橋
山王御旅所
湊橋
仙台堀
永代橋
材木町
越中橋
八丁堀
小川橋
楓川
亀島橋
霊岸島
佐賀町
松幡橋
弾正橋
中之橋
富岡八幡宮
京橋
八丁堀
石川島
木場
木挽町
越中島

主な登場人物

沢村伝次郎 元南町奉行所定町廻り同心。辻斬りをしていた肥前唐津藩士・津久間戒蔵に妻子を殺される。そのうえ、探索で起きた問題の責を負って自ら同心を辞め船頭になる。

千草 沢村伝次郎が足しげく通っている深川元町の一膳飯屋「めし　ちぐさ」の女将。

音松 沢村伝次郎が同心時代に使っていた小者。いまは、深川佐賀町で女房と油屋を営んでいるが、このところ伝次郎の探索を手伝うことが多くなっている。

お万 音松の女房で深川佐賀町の油屋を実質的に切り盛りしている。

広瀬小一郎 北町奉行所本所見廻り同心。

勘兵衛 本所道役。広瀬小一郎の手先。

善太郎 本所道役。広瀬小一郎の手先。

森蔵 南本所元町の岡っ引き。

八州吉 広瀬小一郎の小者で十手使い。

お幸 「めし　ちぐさ」の小女。

英二 「めし　ちぐさ」常連の大工。

安兵衛 「めし　ちぐさ」の小女・お幸の父親。大工。

おまき 「めし　ちぐさ」の小女・お幸の母親。

久兵衛 お幸の父・安兵衛の兄。植木屋。

浜口屋助次 千住宿で乾物屋を営む男。

お民 助次の娘。

坂崎栄五郎 剣客。撃剣館出身。

剣客船頭㈤

橋場之渡《はしばのわたし》

第一章　真福院《しんぷくいん》

一

（また……）

沢村伝次郎《さわむらでんじろう》は胸中で小さくつぶやいた。

棹《さお》を持ち替えたばかりである。その目は半町ほど先の舟に注がれていた。米俵を積んだ荷舟であった。その舟は浅草橋場町《あさくさはしばちょう》あたりから出たと思われる。舟が向かうのは向島《むこうじま》だ。

ただ、それだけなら伝次郎は気にも留めなかっただろう。だが、米俵を満載した舟には、人足や商家の奉公人と思えない男たちが乗っていた。

遠目からでもその男たちの醸しだす雰囲気は、普通ではなかった。刀を差した浪人、そして町のゴロツキと思われるような柄《がら》の悪い男たちばかりだ。その数五人。

伝次郎は自分の猪牙舟《ちょきぶね》を流れにまかせながら、隅田川《すみだがわ》を横切っていく舟を目で追った。その舟は寺島《てらじま》村の入堀に入って、姿を消した。そこは向島の白鬚《しらひげ》神社の近くにある舟着場だった。

（いったい何者だ……）

胸中で疑問をつぶやく伝次郎だが、関わるつもりはない。ただ、元町奉行所同心としての〝鼻が利《き》く〟のだ。それは犯罪の臭《にお》いがするからである。

気にはなるが、伝次郎の稼業は船頭である。気持ちを入れなおすように、棹を川底に突き立てて猪牙を進めた。

冷たい風が吹きつけてくる。頭上には筋雲を浮かべた寒空が広がっていて、川面は冬の陽光を受けてさざ波を浮かびあがらせている。

伝次郎はゆるくなった襟巻きを、胸元にたくし込み、冷たくなっている両手に息を吹きかけた。山谷堀《さんやぼり》から乗せた客を千住《せんじゅ》まで送り届けての帰りだった。

冬の日は短い。もうひとり客を拾ったら、仕事を切りあげようと思った。吾妻《あづま》橋をくぐり抜けた頃には、さっき見かけた荷舟のことはもう頭にはなかった。猪牙の進路を左に取り、竹町之渡《たけちょうのわた》し場《ば》をめざす。

吾妻橋をくぐり抜けると、竹町之渡し場は目と鼻の先だ。舟着場の端に猪牙を寄せ、棹を舟の中に入れ、手焙《てあぶ》りを抱くようにしてかじかみそうな両手をあたためた。

手焙りは小さな暖だが、冬場には重宝するし、客もありがたがる。

その炭火を使って煙管《キセル》に火をつけ、客を待つ。岸辺の近くにいた数羽の都鳥《みやこどり》が、狭い岩場に移り、長い嘴《くちばし》を足許《あしもと》の岩にこすりつけ研ぐように動かした。

伝次郎は一服すると、河岸半纏《かしばんてん》を羽織りなおすように整えて、河岸道に目をやった。誰もが寒さから逃れるように肩をすぼめて歩いている。傾いた冬のうす日が商家の暖簾《のれん》にあたっているが、それももうじき消えるだろう。

小半刻《こはんとき》ばかり客を待ったが、声をかけてくるものはいなかった。

（しまいにするか……）

伝次郎は仕事を切りあげることにした。ゆっくり猪牙を出して、そのまま竪川《たてかわ》に乗り入れる。少し行った先の六間堀《ろっけんぼり》に架かる松井《まつい》橋をくぐり、その先にある山城《やましろ》橋のそばで猪牙を舫《もや》った。そこが伝次郎の舟着場になっている。すでに日は弱くなっていて、西の空に浮かぶ雲を赤くにじませているだけだった。

雁木《がんぎ》を上り、まっすぐ家に帰ろうと思ったが、目の前の商《あきない》番屋の前で行き先を変えた。その足はまっすぐ深川元町《ふかがわもとまち》に向かっている。そんな自分に気づいた伝次郎は、自嘲の笑みを浮かべて歩いた。

行き先は千草《ちぐさ》の店である。昨夜泊まりに来た千草とは、今朝別れたばかりである。そのとき千草はいった。

――冬場は体が冷えますから、熱い燗《かん》をつけてお待ちしてますよ。

その言葉が脳裏に焼き付いているのだ。

(熱燗、いいだろう)

そう思う伝次郎である。

千草はすでに暖簾を掛けていた。それには「めし ちぐさ」と染め抜かれている。飯屋の体裁だが、酒を出す小料理屋といっていい。実際、贔屓《ひいき》客の誰もが飯屋などと考えていないし、千草めあてに酒を飲みに来る客ばかりだ。

「あら、早いじゃありませんか」

暖簾をくぐって店に入るなり、女将《おかみ》の千草が声をかけてきた。

「客の食いつきが悪いんで、早めに切りあげてきた」

伝次郎はそういって、いつもの小上がりに腰を落ち着けた。千草はすぐに燗をつけるといって板場に消える。

小上がりには丸火鉢が置かれている。土間席にも手焙りが置かれているので、店の中はほどよく暖まっていた。小上がりの柱にある一輪挿《ざ》しに、椿《つばき》が投げ入れられていた。その赤い色が、千草の紅に似ていると思ったとき、酒が運ばれてきた。

「熱いですわよ」

そういって千草が酌をしてくれる。

「今夜も寒くなりそうですね」

「日が落ちると冷え込みが厳しくなるからな」

伝次郎は応じてから酒に口をつけた。熱い酒が喉をすべり、胃の腑《ふ》に落ちていくのがわかった。とたん体に火照《ほて》りを感じる。その様子を千草が、笑みを浮かべて見ていた。

「……やるか」

伝次郎が勧めると、千草はまだ早いからよしておくと答え、

「鰈《かれい》を煮つけたばかりですけど、召しあがりますか?」

と、訊《たず》ねた。

「もらおう」

「それじゃすぐに」

小上がりの縁に座っていた千草はさっと立ちあがって、板場に去った。千草は小気味よく動く。客あしらいもうまく、ときに姐《あね》ご肌の一面をのぞかせもするが、本来は慎み深い女である。色白できりっとした顔に浮かべる微笑みには、人を惹きつけるだけの魅力が十分にあった。

伝次郎はお通しに出された蕪《かぶ》の浅漬けを肴《さかな》に、ゆっくり酒を口に運ぶ。風が出てきたらしく、格子窓と腰高障子がカタカタと鳴りはじめた。

そのとき、ガラリと戸が開き入ってきた客がいた。即座に伝次郎と目があった。

「なんだ会いたいと思っていた男が先に来ているとは、さい先がいいな」

そういって入ってきたのは、本所見廻り《ほんじょみまわり》同心《どうしん》の広瀬小一郎《ひろせこいちろう》だった。

二

「久しぶりですね」

伝次郎は軽く応じて酒をほした。

「何かご用で……」

「頼まれてもらいたいことがある」

小一郎は断りもせず、伝次郎の前に腰をおろした。

いらっしゃいませ、といって板場から出てきた千草には目も向けず、酒をくれと注文する。熱いやつだ、ということも忘れない。

「おれを探してでもいたんですか？」

伝次郎はそういって、小一郎に盃を持たせて酌をしてやった。

「今日明日にでも会いたいと思っていたんだ。ひょっとすると、ここにいるんじゃないかと思って来たのだが、おれの勘があたっていたようだ」

小一郎はそういって小さな笑みを浮かべた。色白で眉が濃く、すっきりした痩せ形のやり手同心である。伝次郎と年は同じぐらいだ。

「頼み事というのは……」

伝次郎は蕪の浅漬けを口に放り込んで小一郎を見る。

「探している男がいる。坂崎栄五郎《さかざきえいごろう》という浪人だ。蝮《まむし》の栄五郎という渾名《あだな》もあるが、聞いたことはないか？」

伝次郎は視線を短く彷徨《さまよ》わせてから、いいえと首を横に振った。

「二年前、流人《るにん》船から逃げた男だ。永代《えいたい》橋から出た船が浦賀《うらが》についたときのことだ」

すると重罪を犯した男ということになる。遠島刑でも軽犯罪者は、万年《まんねん》橋そばにある柾木稲荷《まさきいなり》の桟橋から出る船に乗せられるからだ。

重犯罪者の船は、永代橋の船番所《ふなばんしょ》前から出る。両船とも一度浦賀に行き、そこで潮待ちをすることになっていた。

「どうやって逃げたんです？」

伝次郎の疑問は当然だった。流人船の警備は厳重である。罪人は腰縄をつけられ、飲食と用を足すとき以外は両手を縛られている。

「仲間がいたんだ。浦賀で待ち受けて騒ぎを起こし、栄五郎を攫《さら》いやがった。浦賀番所から知らせを受けて、追捕《ついぶ》に出たがときすでに遅しで、栄五郎の行方はそれきりわからなくなった」

「…………」

「ところが、その栄五郎が江戸に戻って来たらしいのだ。そんな話を小耳に挟んでな」

「栄五郎という男は、何をやらかしたんです？」

千草が小一郎の酒を運んできたので、伝次郎が受け取って酌をしてやった。こういったとき千草は余計な口を挟まない。そのまま板場に下がった。

「殺しだ。もっともその気で殺したのではない。戦った相手が死んだからだ」

つまり罪は過失によって、相手を死なせたということのようだ。小一郎はそのことを詳しく話した。

「栄五郎は撃剣館《げきけんかん》で技を磨いた男だが、尋常でなく強かった。桁外《けた》れに強かったというものもいるが、躊躇《ためら》いもなく荒技を使ったというのがほんとうのところのようだ。稽古のときはともかく、試合になると徹底して相手を叩きつけ、毫《ごう》も容赦しない。その荒技には誰もが震えあがったという。対戦したものは無傷ではすまなかった。あるものは内臓を破られ、あるものは骨を折られ足腰が立たなくなった。試合後に元の体に戻るものはいなかったという。その荒技を道場は許さなかったが、栄五郎は聞く耳を持たなかった。それで破門されたのだが、今度は道場破りをはじめた。そこでも栄五郎の剣に倒れ、半殺しにされるものがつぎつぎとあらわれ、ついには死者まで出た。あくまでも試合でのことだから咎《とが》めることはできないが、死者が増えれば御番所も黙ってはおらぬ。栄五郎は故意にやったのではないといい張ったが、調べの末に遠島が決まった」

「何人死んだんです？」

「おれが聞いたのは六人だが、もっと多いかもしれぬ」

「ひょっとして栄五郎を捕まえたのが、広瀬さん……」

伝次郎は小一郎をまじまじと眺めた。

「そうだ。やつを取り押さえ、牢送りにしたのはおれだ」

小一郎は酒をあおってつづけた。

「やつが江戸にいると聞けば、じっとしちゃおれねえ。ほんとうにやつかどうかは、いまのところ定かじゃねえが、見つけなきゃならねえ」

こいつがそうだ、といって小一郎は似面絵《にづらえ》を伝次郎にわたした。

五尺八寸の大男だ。濃い眉、ぶ厚い唇、えらの張った顎《あご》。褒められた人相ではない。

「おまえさんは江戸のほうぼうをまわる船頭だ。それだけ目が利く。見つけたら教えてもらいたい」

小一郎がそういったとき、千草が鰈の煮付けを運んできた。

「栄五郎はどこで見られているんです？」

「本所界隈《かいわい》で見たというものがいる。だが、似ているだけかもしれねえ。見たのはおれの手先だ」

同心は何人もの手先を持っている。いざというときにその手先の情報が、重要な手掛かりになることは少なくない。

「本所界隈で……」

つぶやく伝次郎の脳裏に、橋場から向島に向かう荷舟が浮かんだ。ただの荷舟なら気にも留めないが、乗っている人間が気になっている。それも見たのは一度ではなく、ここ十日ほどの間に三度見ている。

（まさか、あの中に坂崎栄五郎が……）

と思ったが、口にはしなかった。

小一郎は用件を話し終えると、愚にもつかない世間話をして、一合の酒を飲み終え、

「伝次郎、今日の払いはおれにまかせておけ」

といって腰をあげた。すぐに勘定だと千草にいいつけ、小粒（一分銀《ぶぎん》）を一枚わたすと、釣りはいらないと言葉を足し、そのまま店を出て行った。

「まあ、忙しい旦那《だんな》だこと……」

小一郎を見送った千草が首をすくめて、伝次郎を振り返った。

「他の役目もあるだろうから、人手が足りないんだろう」

伝次郎は鰈の煮付けに箸をつけた。ほんのりと湯気が立ち昇り、白身があらわれた。醤油・味醂・砂糖で煮つけられた鰈には、生姜《しょうが》の隠し味がうまく利いていてうまかった。

「それにしても、みんな聞いてしまいましたわ。伝次郎さん、その栄五郎という人

を探すだけなのね」

千草がそばに立って聞いてくる。目に不安げな色を浮かべていた。

「そう頼まれたからな。出しゃばったことはしないさ」

応じた伝次郎は酒に口をつけた。同時に店の戸が開き、近所の職人が二人、にぎやかに入ってきた。

三

広瀬小一郎は小名木川《おなぎ》に架かる高橋《たかばし》の上で立ち止まり、欄干に手をついて星々を映す暗い川面に目を注いだ。橋の上には冷たい風が吹き流れているが、小名木川は穏やかだった。

欄干についた手をじわりとにぎり締め、唇を嚙んで、遠くに視線を飛ばした。

(あやつ、ほんとに江戸に戻ってきたのか……)

胸中でつぶやく小一郎は、いつもの涼しげな顔を厳しくしていた。その脳裏に坂崎栄五郎の顔が浮かぶ。

人を射殺すような冷徹な目。強靭《きょうじん》な体軀《たいく》。そして、驚くほど敏捷《びんしょう》な動き。

栄五郎を取り押さえたのは小一郎だったが、あれほど往生したことはなかった。

その一件が昨日のことのように思いだされる。


それは二年前のことだった。道場荒らしをされたという被害の届けがあったのは、その春のことだったが、被害にあった道場にも落ち度ありということで、町奉行所はさして関心は示さなかった。被害にあった道場を見てまわり、坂崎栄五郎という浪人のことを大まかに調べただけで、とくに注意も促さなかった。

ところが、それから死者が出たという届けがあった。いずれも荒らされた道場からで、死に至らしめたのは坂崎栄五郎だった。その数は一月《ひとつき》の間に六人になった。試合中の出来事とはいえ、放っておけなくなった。死者を出した道場はいずれも本所にあり、捕縛に向かったのは小一郎だった。

栄五郎の居所はすぐにわかった。南本所石原町《いしはらちょう》の長屋である。しかし、栄五郎がいたのは、同じ町の飯屋だった。小一郎は手下三人を連れて神妙に縛《ばく》につくように促したが、栄五郎は従わなかった。

「なにゆえ、このおれが引っ立てられなければならぬ」

空き樽《あだる》に座って飯を食っていた栄五郎は、箸を置いて、のそりと立ちあがった。

「話はゆっくり聞く。とにかく表に出ろ」

小一郎が促すと、栄五郎はしぶしぶと表に出た。だが、そこから動こうとしないばかりか、後ろ手に縛りあげようとした手先の腕をつかむなり、投げ倒した。ハッとなった小一郎は、きさま逆らうか、といって栄五郎に近づいた。

すると、いきなり胸を突かれた。それは予想だにしない強い力で、小一郎は背後の板壁に吹っ飛ばされ、したたかに腰を打った。それを見た三人の手下がいきり立ち、栄五郎に飛びついていったが、あっさり投げられたり、腕をひねりあげられたりした。とても手下三人の手に負える相手ではなかった。

こうなったら斬り捨ててでも、捕縛するしかないと思った小一郎は刀を抜いて、栄五郎に撃ちかかった。しかし、最初の一撃は、栄五郎が抜き放った刀で撃ち返された。その衝撃はすさまじく、小一郎はたたらを踏みながら背後に下がらなければならなかった。

「おれは御番所の世話になるようなことはしておらぬ」

栄五郎は鬼の形相《ぎょうそう》になって小一郎をにらんだ。その眼光に、小一郎は身が竦《すく》みそうになった。

「きさまが試合をした相手が何人死んだか知っているはずだ。だから詳しい話を聞かなければならねえんだ。これ以上逆らえば、ほんとうに斬る」

「おれが殺したんじゃない。相手が勝手に死んだだけだ。力がないから、そうなったまでのこと。とやかくいわれる筋合いはない」

「きさまはそういうが、まわりはそうは思っていねえ。おとなしく刀を引け」

小一郎は忠告したが、栄五郎は聞かなかった。刀をだらりと下げたまま、無言で小一郎をにらみつけた。

「逆らえばおめえの罪は重くなるばかりだ。どっちが得かよく考えることだ。悪いことはいわねえ、刀を引け」

小一郎は説得を試みたが、やはり栄五郎は聞かなかった。

「理不尽なことだ」

そう吐き捨てるなり、斬りかかってきた。

小一郎はとっさに脇へ飛んでかわした。だが、栄五郎の攻撃の手はゆるまなかった。かわされたと思うや、即座に突きを送り込んできたのだ。小一郎は半身をひねってかわすのが精いっぱいだった。

　さらに栄五郎との間合いから離れるために下がるしかなかった。ところが、栄五郎はすぐに詰めてくる。左面から袈裟懸《けさが》けに撃ち込んできてかわされると、横薙《よこな》ぎに刀を振り抜く。風を切る刃風の音は鋭く、目にも止まらぬ速さで撃ち込まれる刀は、小一郎を両断する勢いであった。

　小一郎は反撃の糸口を見つけられず、無様《ぶざま》にも逃げまわるしかなかった。それでも手下が勇《ゆう》を鼓《こ》して、栄五郎に組みついたことで隙ができた。小一郎は即座に斬りにいったが、栄五郎は背後から組みついている手下の腕をつかみ取るなり、勢いよく投げ飛ばした。手下は三間《けん》ほど宙を飛んで、地面に落ちてうめいた。

　さらにもうひとりの手下が、栄五郎を羽交い締めにしようとしたが、それもあっさりほどいて投げ飛ばした。怖ろしい膂力《りょりょく》である。

　小一郎はこうなったら刺し違えてでも、捕縛しようと歯を食いしばって、間合いを詰めて上段から袈裟懸けの一撃を見舞った。

　ガキーン！

火花が散ると同時に、渾身《こんしん》の一撃ははね返された。だが、そのときもうひとりの手下が、栄五郎の足首に細引きを巻きつけたのが功を奏した。栄五郎はそこまで注意をしていなかったらしく、足を掬《すく》われて尻餅をついたのだ。

小一郎はその瞬間を逃さなかった。一瞬の間だったが、栄五郎の首根に刀を突きつけることができたのだ。

そのことでやっと高手小手《たかてこて》に縛りあげたのだが、恐るべき男だというのは十分にわかった。栄五郎に投げられた二人の手下は、二の腕と肋《あばら》を数本折っていた。

(あのときは、冷や汗をかいた)

夜廻りの拍子木の音で現実に引き戻された小一郎は、爪を嚙んで高橋をあとにした。

今夜は八丁堀《はっちょうぼり》の自宅屋敷に帰り、体を休めようと思っていた。自宅屋敷には三日に一度帰ればいいほうだった。普段は亀沢町《かめざわちょう》にある御用屋敷に寝泊まりしている。

永代橋まできたとき、木枯らしが音を立てながら吹きわたっていった。冷たい海風が吹きつけてきて、小一郎の体にまといついた。ぶるっと体を揺すり、羽織をかき合わせた。

そのとき、橋の先にある船番所のあかりが見えた。

二年前、遠島刑を受けた栄五郎が送りだされたのがそこだった。罪科が決まった栄五郎はおとなしく流人船に納まっていた。小一郎はその姿を舟着場の上で見守っていた。

(二度と帰ってくるんじゃやねえ)

そうつぶやいたのを覚えている。流罪《るざい》は終身刑と同じである。そして、栄五郎の送り先は八丈島《はちじょうじま》だった。江戸から約二九〇キロ先にある孤島だ。小一郎が祈るまでもなく、帰ってこられるはずがなかった。

しかし、栄五郎は浦賀番所についたところで、何者かによって助けだされ、自由の身になっている。そのとき、浦賀番所の役人三人が殺されていた。

(栄五郎、きさまほんとうに江戸に……)

小一郎は濃い闇の奥に視線を飛ばした。

四

川面から立ち昇る蒸気に朝日があたり、大気が乳色に染められた。猪牙に乗り込んだ伝次郎は小さく息を吐き、そして吸い込むと、棹をつかんだ。

澱《よど》んでいる溜まりにある藻が小さく揺れ、小魚が俊敏に動いた。その小魚を追い払うように伝次郎は棹を突き立てて、猪牙をすべらせた。

舳《へさき》が水を左右に掻きわけ、ゆるやかな波紋を広げていく。六間堀を下る伝次郎は、ときおり河岸道に目を向けた。少し前まで両岸にある町屋は黒かったが、いまはどの家も冬の朝日に曝《さら》されようとしている。

昨夜、千草の店を出るとき、

「明日はお弁当作ります」

と、千草が約束するようにいった。

夜が遅いので無理はさせたくないが、千草は眠い目をこすりながら伝次郎のために弁当をこしらえてくれる。毎日のことではないが、ありがたいことだった。

河岸道を歩いていた魚屋の棒手振《ぼてふり》が、長屋の木戸に消えれば、別の長屋から納豆売りが出てきた。売り声が静かな朝の町に広がってゆくと、どこからともなく下駄音や草履の音がして、「納豆屋さん、納豆屋さん」と追いかける声が聞こえる。

猿子《さるこ》橋の手前で猪牙を止めた伝次郎は、舟梁《ふなばり》に腰をおろして煙草を喫《の》んだ。河岸道に人の姿が増えている。道具箱を担いだ職人もいれば、商家に通う男や女もいる。

長屋の路地から細い煙がたなびいているが、河岸道を這《は》っていた川霧はすでに消えていた。ガラガラと音を立てて、空の大八車が橋をわたっていった。それと入れ替わるように、小走りに駆けてくる千草の姿が見えた。カラコロと下駄音を鳴らしている。

「待ちました？」

白い息を吐きながら千草が川岸に立った。

「いま来たばかりだ。いつも悪いな」

「いいえ、何てことありませんよ」

はいどうぞ、といって千草は弁当をわたしてくれる。化粧気のない顔だが、かえって肌がなめらかに見えた。両の頬が少し赤くなっているのは、寒いせいかもしれないが、頰紅よりよい気がした。

「いつもすまねえ」

「今日もしっかりね」

千草はやわらかな笑みを向けてくる。

「うむ、では行ってくる」

伝次郎は受け取った弁当を櫓床《ろどこ》に置くと、すぐに舟を出した。しばらく行ったところで振り返ると、橋の上に立っている千草が伸びあがるようにして手を振った。伝次郎は小さく顎を引いて応える。

小名木川を経由して大川《おおかわ》に出た。まだ舟の姿は少ないが、それでも三つ叉や永代橋方面からやってくる空舟や、荷を積んだ伝馬船《てんません》が見られた。上流からは炭俵を積んだ平田舟《ひらたぶね》が下ってきた。

伝次郎は川中の澪《みお》を読みながら大川を横切るように神田《かんだ》川を目ざす。今朝は佐久《さく》間《ま》河岸から仕事をはじめようと決めていた。その日によって、その朝一番に猪牙をつける場所を決めるようにしている。

佐久間河岸はある意味、験《げん》を担ぐ場所だった。仕事にならない翌日に、佐久間河岸からはじめると、多くの客を乗せることがよくある。かといって連日だとそうはいかない。その辺は偶然のなせる業《わざ》かもしれない。

棹から櫓に持ち替えて、ゆっくり大川を遡上《そじょう》する。流れは穏やかである。水量も満ちている。さざ波が朝日を照り返し、銀鱗《ぎんりん》のように輝いている。

ギィ、ギィ、ギィ……。

腕を動かすたびに、櫓と櫓べそがふれあって鈍《にぶ》く軋《きし》む。

伝次郎は一方に目をやりながら、千草との関係を考えた。このところ、よくそのことが頭に浮かぶのだ。二人の仲に気づいている、あるいは気づきはじめているものが増えている。客商売をしている千草の手前、なるべく伏せてきたが、いつまでも隠しきれるものではない。

それに毎日ではないにしても、通い妻のようにやってくる千草のことを考えると、いまのままではよくないと思うようになっている。なにより商売を終えてからやってくる夜道は、決して安心できはしない。追いはぎに襲われる危険もある。

（一緒になろうか……）

日に何度となく考えることだ。それに、いまの住まいは二人暮らしをしても不自由しないように、広めの家を借りている。当初は一緒になることを考えていたからそうしたのだが、互いによい関係を保つために、同じ屋根の下には住まないことにしたのだった。

(そろそろ、そういう時機なのかもしれぬ……)

伝次郎は機会あるごとに千草と相談しようと思っているが、なかなか切り出せない。いつまでも忸怩《じくじ》たる思いを抱えていてもしようがない。

(よし、話すか)

伝次郎はそうしようと決めた。

あれこれ考えているうちに、柳橋《やなぎ》をくぐり神田川に入っていた。櫓から棹に持ち替えて神田川を上ると、佐久間河岸の外れに猪牙を舫った。筋違橋《すじかい》のすぐ近くである。

手焙りに炭を足して、着衣を整えなおした。普段は河岸半纏に腹掛け、股引というなりだが、寒さの厳しくなった冬季は、股引に袷《あわせ》の着物を尻端折《しりはしょ》りし、半纏を引っかけ、風よけのために襟巻きをすることもめずらしくない。

手焙りの火が十分になったときに、ひとりの行商人が声をかけてきた。浅草今戸《いまど》町《ちょう》までやってくれという。

「今戸町のどの辺です？」

一口に今戸町といっても広いからである。聞かれた客は、懐から出した算盤《そろばん》を持ったままひょいと顔をあげ、太い蚯蚓《みみず》じわを額に走らせた。

「金波《きんぱ》楼の近くだよ。わかるかい？」

「へえ、承知です」

伝次郎は気軽に応じて猪牙を出した。客の行商人は、一心に算盤をはじき、帳面になにかを書きつけていた。目的地につくまでずっとその調子で、ときどきぼそぼそとひとり言をいっては算盤をはじいていた。

あれこれ話しかけてくる客は煩《わずら》わしいが、こういう客は気を使わなくていいから楽である。伝次郎が金波楼そばの河岸地に舟をつけると、

「もうついたのかね。あっという間だね」

と、驚いたような顔を向けてきた。

「商売にご熱心なようでなによりです」

「いろいろと大変なんだよ」

客は舟賃を伝次郎にわたすと、大きな風呂敷包みを背負って舟を降りていった。

「お気をつけて」

伝次郎が客を見送って振り返ったときだった。昨日も見た荷舟が近くに迫っていた。

それは荷を積んでいない舟で、五人の男たちが乗っていた。二本差しの浪人と、見るからに柄の悪そうな男たちだ。

（昨日のやつらか……）

伝次郎は櫓床に腰をおろして、菅笠《すげがさ》を被《かぶ》りなおし、一方の舟に注意の目を向けた。

五

空の荷舟は伝次郎の舟から二十間ほど下流を横切って、今戸町の荷揚場につけられた。男たちがつぎつぎと降りてゆく。伝次郎は菅笠の陰に隠れている目を光らせて、男たちを観察した。

昨日、小一郎に頼まれたことがあった。流罪のまま逃げている坂崎栄五郎。人相書に書かれていたことと、似面絵は頭の中に叩き込んでいる。

（もしや、あの男が……）

そう思って注意の目を注ぎつづけたが、坂崎栄五郎らしき男はいなかった。伝次郎は立ちあがると、棹をつかみなおして猪牙を川の流れに乗せた。

男たちの舟のそばを通った。すでに男たちは舟着場にはおらず、町屋に姿を消していた。

ここ数日の間に何度も見る荷舟と男たちである。気にはなるが、深く考えることはないと自分を戒めながら、

（どうにも町方時代の癖が抜け切れていないようだ）

と、内心でつぶやき苦笑する。

日が高く昇り、気温が少し上がったようだ。朝ほど風の冷たさを感じない。伝次郎は舟を川の流れにまかせてはいるが、何もしていないわけではない。航行しやすい澪《みお》を知らず知らずのうちに選んでいるのだ。ときどき棹を水につけたり、川底に棹先をあてていた。それはごく自然な動きで、経験によって培《つちか》われたものだった。

伝次郎は朝のうちに四人の客を乗せ、九つ（正午）の鐘を聞くと、万年《まんねん》橋のたも

とに舟をつけて、弁当を広げた。好物の玉子焼きが入っている。それから大きな梅干しと南瓜《かぼちゃ》の煮物。南瓜はぶつ切りにして甘く煮てあった。

「伝次郎さん」

突然の声に河岸道を見あげると、そこに千草が立っていた。

「おお、なんだ。いまおまえさんの弁当を広げたとこ……」

「お幸《さち》ちゃんがいないの」

千草は遮っていった。

「お幸が、どうしたってんだ？」

伝次郎は持っていた箸をおろした。

「さっき、おまきさんが青い顔でやってきて、昨日出かけたきり帰ってこないっていうの。ほうぼう探したらしいけど、まったく見つからないって……」

おまきというのはお幸の母親である。千草はいつになく心配でしかたないというかたい表情だった。

「昨日はどこに出かけたんだ？」

「浅草聖天町《しょうでんちょう》の親戚の家に行ったらしいんだけど、その親戚は昨日の夕方に帰ったといっているらしいの。おまきさんがいうには、お幸ちゃんに寄り道するところはないし、その親戚の家に行ったら、いつもまっすぐ帰ってくるらしいの。それなのに……」

千草はどうしたらいいかしらと、不安の色をありありと顔に浮かべた。

「そりゃ困ったな。いまも家にはいないんだな」

「そうらしいんです。おまきさんもご亭主の安兵衛《やすべえ》さんも、昨夜から寝ずに探しているらしいんですけど……」

伝次郎は一度視線を宙に泳がして、千草に顔を戻した。

「お幸の親に話を聞こう」

そういって伝次郎は、河岸道にあがった。

お幸は千草の店でときどき手伝いをする、嫁入り前の娘である。屈託《くったく》のない明るい性格は、客受けもよく、仕事もそつがないので、千草は我が娘のように可愛がっている。ほっぺが無花果《いちじく》のように赤く、愛らしい鼻がぷいっと上を向いているので愛嬌があった。

「まだ帰ってこないんです」

お幸の家に行くなり、母親のおまきが出てきて、伝次郎と千草を交互に見た。心配でしかたないという顔は寝不足のせいか、少し青ざめていた。

「亭主はどうした？」

「さっき、もう一度聖天町に行ってくるといって出ていったばかりです。あたしにはお幸が帰ってくるかもしれないから留守番をしていろって……」

おまきは伝次郎に答えてから、まさか悪い人間に攫われたりなんかしてないでしょうね、と心配事を口にする。

「お幸ちゃんにかぎってそんなことはないわ」

千草が慰めると、

「近頃、田舎から質《たち》の悪い浪人や食うに食えない人間が流れてきて、悪さをしているというじゃありませんか。そんな人間に捕まってでもいたりしたら……」

おまきは不穏なことを口にして、落ち着きなく足踏みをしては、前垂れを絞るように弄《もてあそ》んだ。たしかに江戸には、食い詰め浪人や百姓たちが入り込んでいた。それは風水害や旱魃《かんばつ》などで、不作がつづいているからだった。そのせいで米価は高騰し、庶民の勝手向きは苦しくなる一方だった。

町奉行所は江戸に入ってくる浮浪人の取り締まりを強化しているが、効果はないようだ。孤児や乞食が増えているし、辻強盗や強請《ゆす》りの被害があとを絶たないという。幕府は経済の立てなおしなどの問題を多く抱えているが、将軍家斉《いえなり》の代わりに権勢をふるっている老中・水野忠成《みずのただあきら》や若年寄・堀田正敦《ほったまさあつ》は、これといった政策を打ち出せずにいた。

江戸の風紀や治安は乱れる一方で、景気も悪化の一途を辿《たど》っている。おまきの心配はわからないでもない。

「お幸が行った親戚の家は聖天町のどのあたりだ？」

伝次郎はおまきに聞いた。

「三つ股の近くです。嘉右衛門店《かえもんだな》という長屋で、植木屋をやっています」

それはお幸の父・安兵衛の兄で、久兵衛《きゅうべえ》というらしい。

三つ股は日光《にっこう》道中の追分で、浅草山之宿町《やまのじゅくちょう》から浅草聖天町と金竜山下瓦町《きんりゅうざんしたかわらまち》にわかれるところである。土地のものは三つ股と俗称している。

「とにかくそっちに行ってみよう」

伝次郎が引き返そうとすると、わたしも行きますと、千草が袖を引いた。

「ここはおれひとりでいいだろう。ひょっとすると、お幸が帰ってくるかもしれん。まかせておけ」

伝次郎はやんわり断って、自分の舟に戻った。

六

伝次郎はお幸の親戚が住む嘉右衛門店の木戸口で、向こうから歩いてくる安兵衛に気づいた。肩を落とし悄気《しょげ》返った顔で歩いてくる。

「安兵衛」

伝次郎が声をかけると、うつむき加減に歩いていた安兵衛が顔をあげて目をしばたたいた。お幸のことはよく知っているが、父親の安兵衛に会うことは滅多にない。それでも、安兵衛は伝次郎に気づいたようで、

「これは思いもしないところで……」

と、覇気《はき》のない顔でいう。

「お幸が帰ってきていないそうだな」

「そうなんです。どうしてそのことを……」

安兵衛は伝次郎のそばまで来て立ち止まった。

「さっき、千草とおまえさんの女房から聞いたばかりだ。それはともかく見つかったか？」

安兵衛は力なく首を横に振る。

「親戚の家を出たのは昨日の何刻頃だ？」

「兄貴は七つ（午後四時）過ぎに出たといいます。何の変わりもなく、愛想《あいそ》を振りまいて帰ったというんですが……」

「お幸が寄り道をしそうなところはないか。友達の家とかはどうだ？」

「お幸の友達の家は訪ねましたが、昨日は来ていねえといいます。寄り道をするといっても、そんなところがあるかどうか見当がつかねえんです」

大工の安兵衛は木綿絣《もめんがすり》の袷を、尻端折りした股引姿だ。普段は威勢がいいのだろうが、女房のおまきと同じように疲れた顔をしていた。おそらく寝ていないのだろう。

「どの辺を探した？」

「へえ、この長屋の表から向こうです」

安兵衛は両国《りょうごく》方面につづく道を指さす。道の両側には商家が建ち並んでいて、通行人が行き交っている。

「あちこち訪ねて聞いたんですが、娘に気づいたような人がいねえんです。どっかで買い物でもしてりゃ、覚えてる店の人間がいるかもしれないんですが……」

伝次郎は話を聞きながら往来の背後に視線を飛ばし、そして両国方面に視線を戻した。お幸は親戚の久兵衛の家を出たら、まっすぐ自宅に向かったはずだ。とすれば、北の方角にあたる新鳥越《しんとりごえ》方面には向かわなかったと考えるのが自然だ。

「もう一度、お幸のことを聞いてまわろう」

「手伝ってくれるんで……」

安兵衛は意外そうな顔をした。

「放ってはおけねえだろう」

「申し訳ねえです」

二人はこれまで安兵衛が訪ねた店を除いて、片端から聞き込みをしていった。だが、お幸らしき娘を見たものはいなかった。似面絵でもあれば、もっと別の反応があるのかもしれないが、頼りになる目印は、親戚の家でもらった小松菜《こまつな》を入れた籠《かご》をさげていたということと、桜色の小紋柄の着物を着て、帯は赤い花柄で紺色の帯締めだったということだ。

浅草花川戸町《はなかわどちょう》の外れまできたが、お幸らしき娘を見たというものはいなかった。

伝次郎は吾妻橋を眺めた。ゆるやかに弧を描く橋の上を、冬の日射しを受けながら行商人や侍たちが行き交っている。

（お幸は橋をわたったのか……。それとも……）

疑問はすぐ安兵衛に向けた。

「お幸はこの橋をわたっただろうか？」

「わたったほうが家には近いですからね。ですが、ときどき両国に寄り道をすることもあるようです。そんな話をしたことがあるんで……」

「よし、二手に分かれて聞いていこう。おれは橋の向こうをあたる。おまえはこっちを頼む。何かわかったら……」

伝次郎は近くの茶屋に目を留めて、そこの茶屋で待ち合わせようといった。

二人はすぐに二手に分かれて、再度の聞き込みを開始した。

伝次郎は吾妻橋をわたると、隅田川沿いの道を辿りながら、茶屋や商家を訪ねてお幸らしき娘を見なかったかと聞いていった。伝次郎の聞き込みを受ける相手が、お幸を知っているならともかく、若い娘で着物の柄がどうの、小松菜の入った籠をさげていたといっても、それは漠然《ばくぜん》としたものでしかない。首をかしげるものがほとんどで、自分とは関係のないことだから、見ていないと素《そ》っ気《け》なく答えるものもいた。

中之郷竹町《なかのごうたけちょう》の中ほどまで来たときだった。

「伝次郎さん、伝次郎さん」

安兵衛が息を切らしながら駆けてきた。

「お幸を見た人がいました。多分そうじゃねえかと思うんです」

「それはどこのものだ？」

「竹町の煙草屋の女が、そうじゃないかというんです」

「よし、行こう」

伝次郎と安兵衛はすぐに引き返した。竹町というのは浅草材木町《ざいもくちょう》の俗称である。

「籠をさげてましたよ。それで、妙な男たちに声をかけられましてね。娘さんはいやがっているふうでしたが、しぶしぶついていってね」

煙草屋の女房は伝次郎の問いに答えて、また言葉をついだ。

「それがどうもあたしゃ気になってねえ。あとでうちの亭主にいったんですよ。ひょっとしたら拐《かどわ》かされたんじゃないかって。だけど、そんなことがあれば騒ぎになってるって、取り合わないんです」

「妙な男というのは何人だ？」

「三人いました。ろくでもない与太者《よたもの》でしょうが、見たことのない男たちでした。あたしゃいつもここで目を光らせてんで、町の人間やしょっちゅう通る人のことは大方《おおかた》知ってんです」

煙草屋の女房は、綿入れの着物の襟をかき合わせ、耳の後ろを指先でかきながらいう。おそらくこの女房の亭主は岡っ引きだろう。町方から十手を預かっている岡っ引きは、女房に煙草屋を営ませているものが少なくない。

「そいつらは娘をどっちに連れて行った？」

「その先を入って行きましたよ。古着店の通りですが、あたしが見たのはそこまでなんで、あとのことはわかりません」

煙草屋の女房はそういったあとで、安兵衛に憐憫《れんびん》のこもった目を向けた。

「ひょっとすると、それがお幸かもしれねえ。安兵衛、ついてこい」

伝次郎は煙草屋の女房に礼をいうと、古着店の通りに入った。その手前は大仏横《だいぶつよこ》町《ちょう》ともいう。通り沿いにある店を訪ねて、お幸のことを聞いていくと、

「へえ、見ましたよ。女はいやがっているふうで、どこに行くんだといっていました。男たちはついてくりゃわかるといって、女の手を引いていました」

そういう茶問屋の手代がいれば、

「見ましたよ。さげていた籠から小松菜が落ちたんですが、拾いもせずに、向こうに歩いて行きました」

といって、通りの先を指さす煎餅《せんべい》屋の女房もいた。どん突きは寺である。

他の店でも、お幸らしき娘が男たちと歩いているのを見たものがいた。それらの話をつなぎ合わせていくと、東本願寺《ひがしほんがんじ》そばの真福院という寺に行きついた。

大きな寺ではない。境内《けいだい》に入ると、本堂まで短い石畳の参道がつづいていて、手水場《ちょうずば》の先に竹林を背負った庫裡《くり》が見えた。

本堂の屋根に止まっていた鴉《からす》がカアカアと鳴き、羽音を立てながら飛び去った。

そのとき、庫裡から出てきた男がいた。伝次郎と安兵衛に気づき、ギョッとした顔をして、

「何の用だい？」

と、剣呑《けんのん》な目で聞いてくる。

「お幸という娘を探してるんだが、知らないか？」

伝次郎が問いかけたとたん、男の目に警戒の色が浮かび、知らねえな、というなり慌てたように引き返した。嘘のへたな男である。

「安兵衛、ここで待っていろ」

伝次郎は男のあとを追うように庫裡に足を向けた。

七

庫裡は二十坪ほどの小さな建物だった。建物の傷みはひどく、いまは使われていないと思われた。戸は閉まっているが、屋内から男たちの声が聞こえてきた。

伝次郎は目の前の戸を勢いよく引き開けた。小さな三和土《たたき》があり、その先の座敷

に五人の男たちがいて、お幸の顔が見えた。

「伝次郎さん！」

いきなりお幸が叫んだ。そして、助けてと声を張った。縛られてもいず、元気な様子である。それだけは救いだった。

「なんだ、おめえは……」

ひとりの男が立ちあがった。乱ぐい歯をさらし、藪《やぶ》にらみに見てくる。さっきの男はその横にいる。誰もが炯々《けいけい》とした目を伝次郎に向けてくる。

逃げようとしたお幸は、頰のこけた小柄な男に腕をつかまれていた。

「その娘を返してもらおう。それにしても、こんなところに連れ込まれていたとは……」

「おい、返してやってもいいが、タダってわけにはいかねえぜ」

乱ぐい歯が遮っていった。

「どういうつもりか知らねえが、人の娘を攫ってておいてそのいい草はねえだろう。おとなしく返すんだ」

「この野郎、ずいぶんなことをいいやがるな」

乱ぐい歯は舐《な》めきった顔に、うす笑いを浮かべて仲間を見まわした。

「ずいぶんなことをしたのはおめえらだろう」

伝次郎は雪駄《せった》のまま上がり框《かまち》に足をかけた。とたん、乱ぐい歯が肩を突いてきたが、伝次郎は素早く腕をつかみ取って、ねじりあげた。

「イテテ……」

「乱暴なことはしたくねえんだ。さ、お幸こっちに来い」

「そうはいかねえぜ」

お幸の腕をつかんでいる小男がいい返した。乱ぐい歯が、「手を放しやがれ」と、強がりをいって、この野郎を叩きのめすんだと仲間に指図した。

とたん、横から伝次郎の顔面を殴りつけに来た男がいた。伝次郎は顔をそむけてかわすと、乱ぐい歯を突き飛ばして、殴りに来た男の鳩尾《みぞおち》に拳を叩き込んだ。

「うぐッ……」

男は前のめりに倒れた。

「野郎、やりやがったな！」

ゲジゲジ眉が、怒鳴り声をあげて匕首《あいくち》を閃《ひらめ》かせた。

「そんなもん出したら怪我するぜ」

伝次郎の忠告にもかまわず、ゲジゲジ眉が斬りかかってきた。伝次郎は半身をひねって相手の腕をつかみ取ると、そのまま思いきり投げ飛ばした。ゲジゲジ眉は破《や》れ障子《しょうじ》にぶつかり、そのまま派手な音を立てて倒れた。

「こいつ……」

右にいた金壺眼《かなつぼまなこ》が心張《しんば》り棒をつかんで殴りかかってきた。伝次郎はひょいと身をひねってかわし、腹を押さえてうめいている男の腰を思いきり蹴飛ばし、心張り棒を振りまわして打ちかかってきた金壺眼の懐に、もぐり込むように体を入れると同時に、後ろ襟をつかんで、足払いをかけた。

金壺眼はどしんと大きな音を立てて腰を打ちつけ、そのまま立てなくなった。お幸を捕まえていた小男が、目の色を変えて伝次郎に体あたりしてきた。だが、あっさり伝次郎にかわされ、ついでに足払いをかけられたので、体が宙に浮き、そのまま俯《うつぶ》せに倒れた。伝次郎はその背中を思いきり踏みつけた。

「伝次郎さん」

自由になったお幸が、飛ぶようにしてそばにやってきた。

「表におとっつぁんがいる。行くんだ」

伝次郎はそういって、つかみかかってこようとしている乱ぐい歯をにらみつけた。他のものたちは、腰や腕を押さえてうずくまっていた。

「まだやるっていうのか。やるんだったら、いくらでも相手をしてやる」

伝次郎ににらみつけられた乱ぐい歯は、悔しそうに唇をねじ曲げただけだった。お幸が庫裡を飛びだして行くと、伝次郎は五人の男たちをひと眺めして、何事もなかったような顔で表に戻った。

お幸が安兵衛の胸に顔をつけて泣いていた。

「なにも悪さはされなかっただろうな」

安兵衛がお幸の背中をさすりながら訊ねる。

「悪さはされなかったけど、怖かった。どうなるかわからなかったから……」

緊張が解けたのか、お幸は肩を揺すりながら嗚咽《おえつ》を漏らした。

「話は帰ってからゆっくり聞こう。だが、無事でなによりだった」

伝次郎にお幸が泣き濡れた顔を向けて、

「ありがとうございます」

と、ふるえる声を漏らして頭を下げた。

それから小半刻後に、お幸は深川森下町《ふかがわもりしたちよう》の自宅長屋に戻った。母親のおまきは娘の無事を泣いて喜び、知らせを受けた千草も心底安堵《あんど》した顔になっていた。

心配だったのは、お幸があの男たちに悪さをされなかったかであるが、

「何もされなかったわ。ちょっかいをかけてこようとする男がいたけど、吉蔵《きちぞう》って人が止めてくれたの。手を出したらおれが黙っていないって……」

と、お幸は無事に一夜を過ごしたことを話した。

「吉蔵というのは、どんな男だ？」

伝次郎が聞くと、乱ぐい歯の男がそうだった。どうやら、吉蔵があの男たちの頭株のようだ。

「でも、お幸ちゃんを攫ってどうするつもりだったのかしら……」

千草が疑問を口にした。

「あの男たちはわたしを蓮華党《れんげとう》に連れて行くといってました。蓮華党の松森《まつもり》さんに喜んでもらうんだと……」

「蓮華党……それはどういうことだ？」

伝次郎は問うたが、お幸はわからないと首を振った。

「なんでも向島がどうのっていってましたけど、わたしには何のことか……」

お幸はくりっとした目を大きくして、首をかしげた。

「とにかく無事に帰ってきてよかったよ。お幸、ちゃんと飯は食っていたのかい」

おまきが聞けば、

「お腹すいてるわ」

と、お幸は自分の腹をさすって微笑んだ。ようやく落ち着きを取り戻したようだ。

第二章　意趣返し

一

「無事に見つかったからいいものの、とんだ災難でしたわね」

千草はそういって伝次郎に熱い茶を差しだした。お幸の家から千草の店に移っているのだった。

「田舎から流れてくるならず者が増えていると耳にしてはいたが、ただの噂じゃないというのがよくわかった」

伝次郎は茶を吹いて口をつけた。

「でもお幸ちゃん、えらいわ。あれこれ聞かれたけど機転を利かしたんだから」

「そうかもしれねえが、気にはなる」

そういった伝次郎に、千草がきょとんとした顔を向けた。

「何が気になるんです？」

「お幸は根掘り葉掘り聞かれたが、父親の安兵衛が大工ではなく、棒手振だといったり、詳しい家のことも話さなかったといった。だが、家が高橋の近くにあると、口をすべらせている」

千草はあっと開けた口を手で塞《ふさ》ぎ、目を見開いた。

「まさか、また攫いに来るというんじゃないでしょうね」

「それはどうかわからないが、この辺をやつらがうろつくことはあるかもしれねえ」

「そんな物騒《ぶっそう》なことはごめんですわ」

「しばらくお幸には、外出を控えるように注意しておかなきゃならねえな。それをいうのを忘れた」

「それじゃいまから行ってきます？　なんでしたらわたしが伝えておきましょうか」

「いや、どうせ舟に戻らなきゃならない」

伝次郎は湯呑みを置いて立ちあがった。

「今夜は見えますか?」

伝次郎は戸口前で、ゆっくり千草を振り返った。

「そのつもりだ。それに……」

伝次郎は折り入って話があるといいたかったのだが、その言葉を呑んだ。

「何です?」

「いや、何でもない。じゃ」

伝次郎はそのまま表に出た。風は冷たいが、冬の日射しが強く、寒さはさほど感じなかった。歩きながら、お幸が口にしたことが気になっていた。それはお幸を攫った連中が、蓮華党に連れて行く、松森さんが喜ぶといったことだった。

おそらく蓮華党という一団があり、その中にいる松森という男に、お幸を売るか与えるつもりだったのだろう。さらに、お幸は向島がどうのという話を耳にしている。

そのことを聞いたとき、伝次郎の脳裏に、向島と浅草橋場町を行き来している荷舟が浮かんだ。今朝もその舟を見たばかりである。

伝次郎はお幸の家に立ち寄って、外出を控えるように注意を与え、その足で自分の舟に戻った。舫《もやい》をほどいて棹をつかんだが、仕事をやる気が半減していた。しかし、もうひと稼ぎだと、自分にいい聞かせて猪牙を出した。

日は西にまわり込んでいるが、日が暮れるまでにはもう少し時間があった。大川を下り、佐賀町《さがちょう》に架かる上之橋《かみのはし》をくぐって仙台堀《せんだいぼり》に入ると、すぐに声をかけられた。どこかの隠居老人風情で、新高橋までやってくれという。老人は舟に乗り込んでくると、足が弱って歩くのが億劫《おっくう》になった、目が霞《かす》んで字もよく読めなくなったなどと愚痴をこぼし、寄る年波《としなみ》には勝てないなどと勝手にしゃべった。

伝次郎は適当に相づちを打って付き合い、新高橋の先で老人を降ろした。それから二人の客を拾い、三人目の客を油堀《あぶらぼり》の一色《いっしき》河岸で降ろしたところで、仕事を切りあげることにした。

西の空に見えた日輪は、すでに雲の下にあり、空を紅粉《べにこ》のように染めている。その空の色が群青《ぐんじょう》になれば、おそらく明日は風が吹き、雪が舞うかもしれない。

船頭にかぎらず、表ではたらく職人や百姓たちは、翌日の天気を日没間際の空で予見する。予想は外れることもあるが、当たらずといえども遠からずということが多い。

猪牙を操りながら帰路につく伝次郎だが、ときどき河岸道を歩く侍に注意の目を向けた。広瀬小一郎から受けた相談は忘れていない。

小一郎は坂崎栄五郎という剣客を探している。もっとも人殺しの廉《かど》で、遠島刑を受けて逃げている男であるが。

昨日も今朝もその栄五郎のことは気にしていたが、それらしき男を見ることはなかった。また、ひょっとすると例の荷舟に乗っている男たちの中にいるのではないかと思ったが、今朝見た舟に栄五郎らしき男の姿はなかった。

大川から小名木川を経由し、六間堀に入ったときに、あたりがゆっくり暗くなっていった。日が沈んだのだ。薄紅色に染められていた空は、藍《あい》色に変わっていた。

「ご苦労であるな」

伝次郎が山城橋の下につけた猪牙を舫《もや》ったとき、河岸道から声がかけられた。振り返ると、小一郎と勘兵衛《かんべえ》という道役《みちやく》が立っていた。勘兵衛は小一郎の手先である。

小一郎がゆっくり雁木を下りてきた。爪を噛んでいるが、それは彼の癖だ。ペッと、齧《かじ》り取った爪を吐き、石段に腰をおろして伝次郎を見てくる。

「栄五郎のことは気にかけてますが……」

まだ見つからないというふうに、伝次郎は首を振って、小一郎のそばに腰をおろした。

「そうそう見つかりはしないだろう。やつは追われる身だ」

「栄五郎を逃がしたのは、誰かわかっているんですか？」

小一郎は足許の小石を拾って、目の前の六間堀に投げた。ぽちゃんと音がして、星を映していた水面が波紋を広げて乱れた。

「わかっているのは、三人の男ということだけだ。栄五郎を逃がすために浦賀番所を襲った賊は、三人の役人を斬っている。栄五郎が浦賀から逃げたあと、やつと関わりのあった人間をことごとく調べたが、あやしいやつは浮かんでこなかった。もともと栄五郎は人見知りする男だったようで、とくに親しくしていたものがいねえんだ」

「…………」

「やつは強い。それに自分の腕を試したがる。そういう性分だ。江戸に戻っていれば、また道場荒らしをするかもしれねえ」

「道場にその旨《むね》のことは……」

「市中にあるどこの道場も、栄五郎のことを知っている。あらわれたらすぐに知らせが入ることになっている」

「栄五郎が道場にあらわれなかったら……」

「十分考えられることだ。だが、ひとつだけ手掛かりになりそうなことがある」

「それは」

伝次郎は端正《たんせい》な小一郎の横顔を見た。

「やつは一度だけ、負けたことがある。負かしたのは菱沼哲之助《ひしぬまてつのすけ》という男だ。それから半年間、栄五郎は姿をくらましていた。再びあらわれたとき、菱沼に試合を申し込んだが断られている。おれがやつを取り押さえたのは、それからすぐのことだ」

「すると、栄五郎はもう一度、菱沼哲之助に挑戦すると……」

「やつはそうしたいだろう。だが、菱沼は相手にしないといっている。それに、菱沼には人をつけてある。栄五郎があらわれれば、すぐにおれに知らせが入る」

「菱沼はどこに？」

「小石川《こいしかわ》の道場で師範代をやっている。栄五郎は道場で断られるのを先読みして、いきなり立ち合いを挑んでくるかもしれねえ」

「それは道場の行き帰りにということですか」

「護衛の門弟がついているから、おいそれとは襲えないだろうが……。とにかくおれは何としてでも捕まえたい。悪いが力になってくれ」

「あまりあてにされると困りますが……」

「わかっているさ」

小一郎はそういって立ちあがった。

「広瀬さん、蓮華党という名を聞いたことがありますか？」

「蓮華党……。なんだそりゃ……」

小一郎は眉根を寄せて首をかしげた。

「いや、知らないならいいんです。ただ、気になっていることがあるだけで……」

小一郎は伝次郎の腹を探るような目を向けてきたが、それはごく短いもので、すぐに背を向けて河岸道にあがっていった。

二

小一郎と道役の勘兵衛を見送った伝次郎は、河岸道を南に辿った。千草の店に行くためである。飯もあるが、様子を見てここしばらく考えていることを打ち明けようと思っていた。今日の昼間もいいかけたが、躊躇ってしまった。だが、もうその必要はないはずだ。苦手なことではあるが、改まったり畏《かしこ》まったりせずに、さらっといってしまおうと肚《はら》をくっていた。

いつしか風が強くなっていた。路地から吹き抜けてくる風が、河岸半纏をひるがえらせ、土埃《つちぼこり》を巻きあげた。

お幸を攫った連中は、蓮華党、向島、松森という名を口にしている。ひょっとすると、小一郎が知っているかもしれないと思ったが、心あたりはないようだった。

(なぜ、おれはそんなことを気にするんだ)

歩きながら自問した。答えは自《おの》ずとわかっている。橋場と向島を行き来している、あの舟が気になるのだ。忘れてもいいことなのに、なぜか引っかかっている。

それは猿子橋をわたって少し行ったときのことだった。前方から四人の男たちが、肩で風を切るようにしてやってきたのだ。さげている提灯《ちょうちん》に、男たちの顔が浮かびあがるなり、伝次郎は眉宇《びう》をひそめた。

お幸を攫った男が三人いたからだ。ゲジゲジ眉と乱ぐい歯、そして金壺眼だ。そして、もうひとりは二本差しの浪人だった。男たちの肩越しに、千草の店の掛行灯《かけあんどん》が見えた。

「なんだ、先方からやってきたぜ」

伝次郎に気づいたのは乱ぐい歯だった。同時に四人の男は足を止めた。伝次郎も立ち止まった。

「今日はずいぶんな挨拶をしてくれたな。おかげで首が痛いぜ」

乱ぐい歯は首をぐるっと回して、上目遣《うわめづか》いににらんでくる。

「何の用だ？」

「仕返しだよ。やられっぱなしで黙っていられるかってんだ。なんだ、てめえ船頭をやってるんだってな。そんな野郎に、舐められるとは思わなかったぜ」

伝次郎は目を厳しくした。こいつらはお幸の家を訪ねたのだろう。

「人を攫っておいて、屁理屈をこねるとは救いようのない大たわけだな」

「なんだと」

乱ぐい歯が袖をまくって肩を怒らしたが、浪人が待てと、手をあげて制した。

「吉蔵、無腰の男を斬るわけにはいかねえ」

「いやってほど痛めつけてやりゃいいんです」

乱ぐい歯は、ぐへへへと笑って浪人に応じ、

「桑原《くわはら》さん、遠慮はいりませんぜ」

と、言葉を足した。

「桑原さんとやら、からまれるのは迷惑だ。それに、おれは相手をする気などない。通らせてもらうぜ」

伝次郎はそのまま足を踏みだしたが、桑原がすっと鞘《さや》ごと刀を動かして、行く手を遮った。伝次郎は桑原という浪人をにらんだ。やけに額が広く、髷《まげ》を頭頂部の後ろで結っている。

「きさまがそうでなくても、こやつらの腹の虫が治まらないらしいのだ」

桑原はそういい終わる前に、右腕を動かして肘鉄《ひじてつ》を食らわせてきた。伝次郎はさ

っと下がってかわした。

「ほう、噂どおり身の軽い男だ。いいだろう」

桑原が刀を差しなおし、袖まくりをして迫ってくる。

「馬鹿なことを……」

伝次郎はあきれたように吐き捨てた。

とたん、桑原が鉄拳を飛ばしてきた。伝次郎は片手で受けると、即座に足払いをかけた。足を掬われた桑原は、あっけなく地面に尻餅をついた。

「こ、こやつ……」

暗がりでも桑原の顔が赤くなるのがわかった。乱ぐい歯の吉蔵らが、呆気《あっけ》にとられた顔をしていた。

「船頭だと思って油断していたが、今度はそうはいかねえぜ」

立ちあがった桑原が、鼻息荒く詰め寄ってきて、襟をつかもうとした。伝次郎はその手をつかんでひねると、あっさり横に倒した。これはいまでいう合気道の技の一種である。

「くそッ、こしゃくなことを……」

発条《ばね》仕掛けの人形のように立ちあがった桑原は、さっと刀を抜いた。最前とちがい総身《そうみ》に殺気まで漂わせ、口をねじ曲げている。

伝次郎はわずかにたじろいだ。刀を抜かれては、滅多な手出しはできない。かといって自分は無腰である。

「こんなことで刃傷《にんじょう》沙汰《ざた》を起こしてどうする。馬鹿なことだ」

「黙れッ」

いうが早いか、桑原は袈裟懸けに撃ち込んできた。伝次郎は半身をひねって脇に飛んだ。そこは商家の軒下で、天水桶《てんすいおけ》に積まれた手桶をつかんだ。

桑原は八相《はっそう》に構えてずんずん近づいてくる。伝次郎は手桶を投げつけたが、桑原の肩先をかすり、先の地面に転がっただけだった。

桑原が地を蹴って大上段から撃ち込んできた。伝次郎は逃げずに前に飛んだ。頭の上で刃風がうなりをあげた。その直後、伝次郎は桑原の背後にまわり込み、後ろ襟をつかんで引き寄せると、素早く右腕をつかんで、そのまま腰にのせて大地に叩きつけた。

「あッ……」

驚きの声を漏らしたのは、乱ぐい歯の吉蔵だった。他の男たちも呆気にとられた顔をしていた。桑原はしたたかに腰を打ちつけて、すぐには立てないでいる。

「これで懲りただろう。二度とおれにちょっかいをかけてくるな」

伝次郎は桑原が落とした刀を拾って、ひと振りした。吉蔵らは、ヒッと悲鳴じみた声を漏らすと、そのまま脱兎《だつと》のごとく逃げていった。

「桑原さんとやら、もっとまともな人間と付き合ったらどうだい。あんな下衆《げす》と付き合ってもなんの得もないだろう」

伝次郎は持っていた刀を遠くに放ると、そのまま桑原を残して歩き去った。

騒ぎを知ったものたちが、料理屋や居酒屋の前に立っていた。その中から駆けだしてきたのは千草だった。

「やっぱり伝次郎さんだったのね」

「傍《はた》迷惑もいいところだ。ひょっとして、やつらお幸の家に……」

「そうなのよ。でも、用があったのはお幸ちゃんじゃなく、伝次郎さんのことをあれこれ聞いていたっていうから……。大丈夫なの？」

「心配いらねえ。それよりお幸は？」

「家にいます」

「ちょっと会ってこよう」

三

「どちらさんですか？」

戸をたたくと、おまきの固い声が返ってきた。

「伝次郎だ」

さっと戸が開かれた。おまきのホッと安堵した顔があらわれ、居間にいたお幸と安兵衛が胸を撫で下ろすような表情をしていた。

「連中が来たらしいな」

伝次郎は三和土に入っていった。

「そうなんです。伝次郎さんのことをあれこれ聞いて、怒鳴り散らして、生きた心地がしませんでしたよ」

「乱暴はされなかったんだな」

「それは大丈夫でしたけど、あんまり脅されたんで、あっしは伝次郎さんのことをしゃべっちまいました。申しわけありませんで……」

安兵衛が小さくなって頭を下げた。

「どこまでおれのことを教えた？」

「船頭だってことです。持ち舟は山城橋のそばに置いてあると、それもいっちまいました」

伝次郎は内心で舌打ちした。やつらは舟にいたずらしているかもしれない。

「それで他のことは……」

「あとはいってません。連中はそれだけを聞くと、伝次郎さんを捕まえに行くといって出ていきましたから」

伝次郎はお幸を見た。昨夜から怖い思いをしているから、いつもとちがい表情がかたい。

「連中とはさっきそこで会って話をした。もうこれ以上ちょっかいを出してくることはないだろう。お幸、もう心配はいらねえ。何かあったらすぐおれに知らせるんだ。おまえのことはおれが守る。それにおとっつぁんも、おっかさんもいる」

「は、はい」

お幸は蚊の鳴くような声を漏らしてうなずいた。

「伝次郎さんがそういってくだすってるんだ。お幸、もう怖がることはねえよ」

安兵衛も娘を気遣って声をかける。

「とにかくもう大丈夫だろう」

伝次郎はもう一度言葉を足してから、お幸の長屋を出た。千草の店に行くつもりだったが、自分の舟が心配である。

連中は舟の置き場所を安兵衛から聞いている。そして、連中は六間堀のほうに逃げていった。悪さをされていなければいいが、どうにもいやな胸騒ぎがする。

千草の店に立ち寄ると、急な用事ができたので今日は帰ると告げて、自分の舟に急いだ。木枯らしが音を立てて空を吹き抜けていた。

伝次郎は足を急がせながら、何度も舌打ちした。ろくでもないゴロツキには、これ以上関わりたくない。面倒このうえないし、迷惑もいいところだ。

せっかく酒を飲んで、千草に自分の思いを打ち明けようと思っていたが、そのきっかけを失った恰好《かっこう》でもある。

足を急がせたので、体が温まり、少し汗ばんできた。山城橋が近づくと、自分の舟が星あかりに浮かんでいた。急いで猪牙をあらためたが、心配は杞憂《きゆう》だった。無事だったことに、胸を撫で下ろして、小さな吐息を漏らした。

それから家の近所の居酒屋に寄って、二合の酒を飲み、茶漬けをかき込んで家に帰った。

ひょっとすると、千草がやってくるかもしれない。そう思う心の内には、来てもらいたいという期待感があった。

行灯をつけると、部屋を暖めるために火鉢に火を入れた。しばらく、パチパチッと爆《は》ぜる炭火を見ながら、お幸のことや小一郎から頼まれていることをぼんやり考えた。

それにしても、つぎからつぎへと面倒事が起こる。そう思うと、我知らずため息が漏れる。贅沢は望まない。質素でいいから日々安寧《あんねい》な暮らしがしたい。心を安らげてくれるだろう千草と一緒になれば、ささやかな幸福も感じられるはずだ。

伝次郎は買い置きの酒を、ぐい呑みについで口をつけた。火箸で炭を整えながら、ゆらめく炎を見つめる。

（安請け合いするからいけねえんだな）

心中で独り言をつぶやき、これからは頼み事をされてもうまく断るべきだ、と自分にいい聞かせる。自然、広瀬小一郎の顔が瞼《まぶた》の裏に浮かんだ。

町奉行所時代から知っている顔ではあるが、親しく付き合った仲ではなかった。それに伝次郎は南町奉行所、小一郎は北町奉行所に詰めている人間だった。顔をあわせれば挨拶をしていた程度で、義理立てしなければならない人間でもない。だが、自分のことを知っている男であるし、頼られると断ることができない。

（しょうがないか……）

伝次郎は包むように持っていたぐい呑みに口をつけた。

（おれも人が好いんだろうな）

我知らず苦笑いをする。

風が強くなったらしく、建て付けの悪い戸がカタカタと音を立てた。もう一杯飲もうと、徳利を引き寄せたとき、表に慌ただしい足音がして、戸がたたかれた。

「沢村さん、沢村さん……」

切羽詰まった声がした。

「誰だ？」

「道役の勘兵衛です」

伝次郎は立ちあがって戸口に行くと、腰高障子を開けた。

「旦那が、広瀬の旦那が斬られました」

勘兵衛は息を切らしながらそういった。

「なにッ」

「死ぬような怪我じゃありませんが、いま医者の手当てを受けています。それで、旦那を呼んでほしいと頼まれまして」

「広瀬さんはどこに？」

「本郷《ほんごう》の医者の家です。一緒についてきてくれませんか」

「わかった。だが、誰に斬られたというんだ？」

「坂崎栄五郎です」

「探していた男か……」

「詳しいことは歩きながら話します」

伝次郎は居間に戻って刀をつかむと、勘兵衛を案内に立てて夜道を急いだ。

「それじゃ、おれと別れたあとで小石川に行って……」

伝次郎は夜道を歩きながら勘兵衛を見る。

「旦那は菱沼さんのことが気になるので、様子を見に行くことにしたんです。坂崎栄五郎があらわれたのは、わたしと旦那が菱沼さんの家の近くまで行ったときでした」

四

すでにあたりは暗くなりかけていた。勘兵衛と小一郎は本郷通りから左に折れ、本郷竹町の通りに入った。

ゆるやかな下り坂で、道の左は武家屋敷地、右側が町屋になっている。人通りの多い道ではないが、暖簾を下げている店もあれば、店仕舞いにかかっている店もあった。

菱沼哲之助の住まいはその通りの先、本郷元町にあった。小さな借家である。小石川の道場へは、その家から通っている。

時間的に菱沼は自宅に帰っているはずだった。その近くで小一郎の手先が見張りをしているが、どこにいるかはわからない。二人が坂下からやってきた行商の男とすれちがったとき、菱沼の家の木戸口から出てきた影があった。遠目にも、それが菱沼だというのはすぐにわかった。楽な着流し姿なので、近所にでも出かけるつもりのようだ。

小一郎が声をかけようとしたとき、脇道から飛びだしてきた影が菱沼の前に立ち塞がった。短く言葉を交わすと、菱沼とあらわれた影が同時に刀を抜いて、刃を交えた。

驚いた勘兵衛が、小一郎を見ると、「栄五郎だ」といって駆けだした。同時にどこからともなく二人の男が飛びだしてきた。見張りについていた小一郎の手先である。

菱沼と栄五郎は斬り合いをつづけていた。突きをかわした菱沼が、右足を飛ばして胴を斬るように刀を動かすと、栄五郎は鍔元《つばもと》でそれを受けた。ぶつかり合う鋼の音がして、小さな火花が散った。

パッと二人は離れたが、栄五郎が引くと見せかけた刀で逆袈裟に斬り込んでいった。菱沼はその一撃をかわしきれず、肩を斬られて片膝をついた。小一郎が間に入ったのはそのときだった。

「坂崎栄五郎だな。北町の広瀬だ。刀を引けッ!」

忠告は無駄だった。無言のまま栄五郎が斬りかかったからだ。

小一郎はすりあげて、押し返すなり、袈裟懸けに栄五郎の胸を断ち斬りにいった。しかし、それは空を切っていた。小一郎はすぐに体勢を立てなおそうとしたが、そこにわずかな隙ができた。

栄五郎はそれを見逃さなかった。大きく踏み込むなり、刀を大上段から振りおろしたのだ。うす闇の中に血飛沫《ちしぶき》が飛び、小一郎は横に倒れた。

十手を構えた手先二人が「御用だ、御用だ」と、及び腰で威嚇《いかく》したが、栄五郎は歯牙《しが》にもかけずそのまま歩き去った。

勘兵衛は追っても斬られるだけだと思い、また菱沼と小一郎の手当てを先にしなければならないので、

「八州吉《やすきち》、二人を菱沼さんの家に運ぶんだ。手を貸せ」

といって、小者の八州吉と善太郎《ぜんたろう》という手先に指図した。

「それはたしかに坂崎栄五郎だったんだな」

伝次郎はあらかたの話を聞き終わったあとで、勘兵衛を見た。

「旦那も菱沼さんも、栄五郎だったとはっきりおっしゃってます」

「それで怪我の具合はどうなんだ?」

「菱沼さんは右肩をざっくり斬られていますが、命に関わる怪我じゃなくて幸いでした。左腕を斬られた旦那も深傷《ふかで》ではありません」

「命あっての物種だが、坂崎栄五郎か……」

伝次郎は栄五郎の似面絵を脳裏に浮かべ、一筋縄ではいかない男だと心中でつぶやき、漆黒《しっこく》に塗り込められた昌平黌《しょうへいこう》の森に目を注いだ。その森の上に朧月《おぼろづき》が浮かんでいた。

勘兵衛が案内したのは、湯島《ゆしま》四丁目に住む桜井《さくらい》柳水《りゅうすい》という医者の家だった。玄関を入ったすぐの部屋で、小一郎は茶を飲んで休んでいた。

「呼び出したりして悪いな」

小一郎は伝次郎の顔を見るなり謝った。手当ての終わった左腕を、晒で吊っていた。着物には血が染みとなって残っていた。

「深傷ではないと聞きましたが……」

「やつの刀はよく斬れるようで、傷がきれいで、急所を外れていたんで助かった。菱沼殿も肩を斬られたが、急所を外れていたので助かった」

小一郎は傷がうずいたのか、顔をしかめていった。

「菱沼さんは……」

伝次郎はまわりを見た。そこは小座敷で、衝立《ついたて》の先に柳水という医者の席があった。薬研《やげん》や薬籠《やくろう》があり、壁際には百味簞笥《ひゃくみだんす》が置かれていた。

「手当てを受けて帰られた。もう栄五郎に狙われることはないだろう。やつは思いを果たしたはずだからな」

「たしかに坂崎栄五郎だったんですね」

「おれの目に狂いはない。それに、菱沼さんもはっきり見ているし、栄五郎はてめえのことを名乗って、勝負に来たといっている」

「すると栄五郎が江戸に戻っているというのは、ほんとうだったんですね」

「伝次郎、折り入っての頼みだ」

小一郎が座りなおして伝次郎を見た。

「おれはしばらく腕が使えなくなった。こんな体じゃ、あいつを追おうにも追えねえ。おまえさんにこんなことを頼みたくはないが、他の同心連中もそれぞれに吟味物を抱えていて手が足りねんだ。江戸にはいま、在方《ざいかた》からやってくるはぐれ者が増えている。無理を承知で頼むんだが、おれの代わりに動いてくれねえか」

「…………」

「おまえさんがいかほどの腕であるかは承知している。やつの相手をできるのは、おまえさんしかいねえ」

「腕は鈍《なま》っていますよ」

「おれの手先を使っていい」

伝次郎は小一郎の視線を外して、思案した。こんなことになるのではないかという予感はあった。断ってもいいが、迷うところである。相手は遠島刑を受け、逃亡中の男。しかも、馬庭念流《まにわねんりゅう》の達人・菱沼哲之助を斬り、小一郎をも斬っている。自分が現役の同心なら二つ返事で引き受けているだろうが……。

「広瀬さん、おれはいまは一介《いっかい》の船頭ですよ」

「その辺の船頭ではなかろう。やつを放っておけば、なんの罪もない人間が不幸にならないともかぎらねえ。真面目に地味に、そしてささやかな暮らしをしている人間に、災いが降りかかることは大いに考えられることだ。そんなことを知っていて、知らぬふりはできねえ。だが、おれはこのていたらくだ」

小一郎は悔しそうに唇を嚙んだ。

(弱いところをついてくるな……)

そう思う伝次郎の瞼の裏に、お幸の笑顔が浮かんだ。まさか、お幸が坂崎栄五郎に襲われるとは思わないが、逃亡中の人間は何をするかわからない。小一郎の危惧《きぐ》することは伝次郎にもよくわかる。

「どこまでできるかわかりませんが……」

伝次郎が答えると、小一郎は唇の端に小さな笑みを浮かべ、

「探索には金がかかる。取っておけ」

といって、財布ごと伝次郎にわたした。

五

その夜、千草がやってきた。

「どうしようか迷ったけど、やっぱり来ちゃった」

家に入ってくるなり、千草は小娘のようにひょいと首をすくめた。客の前では絶対に見せない仕草だ。

「てっきり休んでるかと思っていたけど、まだ起きてらしたのね」

「眠気がこないんだ」

「明日のおかず持ってきましたから」

千草は勝手知ったる他人の家よろしく、台所に行って持参のおかずを置いたり、伝次郎がそのままにしている洗い物を手際よく片づけたりした。

「なんだか雲行きがあやしくなっているんで、明日は雪が降るかもしれませんわ。つけますか？」

千草が振り返って聞く。

「そうだな」

伝次郎が返事をすると、千草が手際よく酒の支度にかかった。それはあっという間のことで、火鉢のそばに小皿が置かれた。ひじきと蒟蒻《こんにやく》の煮物、鯛《たい》の薄切り、そして小海老の天麩羅《てんぷら》だった。

「どうぞ」

千草が酌をしてくれる。伝次郎も酌を返してやる。

「今日、何かいいかけたでしょう。なんだったのです?」

千草が猪口《ちよこ》を口に運びながら見てくる。

「何かいったか……」

伝次郎はとぼけた。いまはいうべきではない。小一郎の頼みを受け、坂崎栄五郎という凶暴な男を探さなければならない。なまなかな相手でないというのはわかっている。へたをすれば、自分も小一郎と同じように斬られるかもしれない。怪我ですめばよいが、万が一ということも考えられる。

「いいましたわ。何かをいいかけて、何でもないって誤魔化すような顔をしたもの。だから気になって来たんですよ」

「ふむ、なにか思いついたんだろうが、なんだったかな……」

伝次郎は誤魔化すように酒を口に運んだ。

「いやだわ」

千草はちょいと拗《す》ねたように唇を尖《とが》らせて、言葉をつぐ。

「それにしても、お幸ちゃんよかったわ。ほんとに見つからなかったら、どうしようかと気が気でなかったんですから。それもあなたがいたから、見つけられたようなものですけど……」

千草は二人だけになると、いつしか「あなた」と呼ぶようになっている。

「世の中が荒れているようだから、何が起こるかわからぬ。あまり気にしなかったが、町にも見慣れぬものが増えているようだ」

「店にもときどき胡散《うさん》臭そうな客が来ますわ」

「店にも……」

伝次郎は行灯の仄《ほの》あかりを片頬に受けた千草を見た。

「ええ、ちゃんとお代を置いていってくれるからいいのですけれど、飲み逃げや食い逃げされたという話をよく聞きます」

「そうか。このところ作物の育ちが悪いと聞くが、そのせいかもしれぬな。自分の土地を離れる食えぬ百姓もいるという」

「お米がどんどん上がっているんです。お米だけじゃありませんけど……」

「在が苦しくなれば、江戸も苦しくなるということか」

伝次郎は酒をあおった。


翌朝、伝次郎は千草が寝ている間に家を出た。東の空がわずかに白んでいるだけで、まだ夜は明けていなかった。歩くたびにシャリシャリと、霜柱《しもばしら》を踏みつける音がする。

空気はキーンと冷えており、吹きつけてくる風は痛いほどだ。軒先にはつららが下がり、水溜まりには氷が張っていた。

伝次郎は手をこすり合わせながら自分の猪牙に乗り込むと、持ってきた差料《さしりょう》を隠し戸の中にしまった。艫《みよし》のほうにも隠し戸はあり、刀や手桶や雑巾《ぞうきん》などが仕舞える。舫をほどき、棹をつかんでゆっくり猪牙を出した。

股引に河岸半纏、半纏の下には袷《あわせ》の着物を着込んでいた。夏場は裸足《はだし》でもいいが、この時季は足袋《たび》を穿《は》いている。それでも足先には痺《しび》れるような冷たさがある。油断すると指がかじかむので、ときどき指を開いたり結んだりし、息を吹きかけた。

伝次郎は竪川に舟を出すと、そのまま東に向かった。両岸の町屋はまだうす闇の中に沈んでいる。東の空が少しずつ白みはじめている。雲もうすあかりを受けたように、朱を帯びてきた。

猪牙を岸に寄せたのは、四《よ》ツ目《め》之《の》橋《はし》の手前だった。そこは火《ひ》除《よ》け地になっている空いた土地だった。おそらく近くに材木蔵があるから、お上が町屋を作らせないのだろう。

火除け地の奥に冬枯れの欅《けやき》が立っている。その根方に立った伝次郎は、河岸半纏を脱ぎ、着物をはだけて、上半身を寒風にさらした。

厚い胸板には筋肉が盛りあがり、二の腕にも逞《たくま》しい筋肉がついている。大きく息を吸って吐くと、すらりと鞘から刀を抜いた。刀身が弱々しい光の中できらめいた。

伝次郎はゆっくり素振りをはじめた。体が温まってくると摺り足を使って素振りをし、汗がにじみはじめると、寒風を切るように刀を振る。もはや寒さはどこかへ飛んでいた。

そこに仮想の敵を見立てて、素早く動く。右へ足を飛ばしながら、袈裟懸けに。前方へ左足を送り込みながら逆袈裟に。さらに反転して唐竹割りに刀を振る。

頭上で仮想の敵の一撃を防ぎ、さっと体をひねってすり落とすように刀を動かし、素早く撃ち込む。だんだんに息があがってきて、額に浮かんだ汗が頬をつたう。

飛んで跳ねて撃ち込み、舞うように反転して腰を落としながら素早く刀を振り抜き、残心《ざんしん》を取る。呼吸を整えながら両足を引き寄せ、即座に足を飛ばして撃ち込む。

一連の動作に乱れを感じると、もう一度同じ動きを繰り返した。付け焼き刃の稽古では、昔のような動きや勘は戻らない。

伝次郎はしばらく同じ稽古をつづけようと思った。早朝の鍛錬が終わったのは、東の空に日がのぞき、周囲があかるくなり、小鳥のさえずりが高くなった頃だった。

着衣を整えなおすと、舟に戻って二ツ目之橋《ふたつめのはし》まで行き、舟を舫った。煙管を吸いつけていると、勘兵衛と八州吉がやってきた。二人とも小太りの似たような体型をしているが、八州吉は十手使いの名手である。

「沢村さん、今日からお世話になります」

勘兵衛が白い息を吐きながら、舟のそばに立った。八州吉も口の前で手をすりあわせて、よろしくお願いしますと挨拶をする。

「世話になるのはおれのほうだ。それじゃどこからはじめる?」

「まずは小石川に行ってみたいと思いやす。栄五郎はここしばらく、菱沼さんをつけ狙っていたはずです。そこから足取りをつかめるんじゃねえかと思うんです」

八州吉がいう。

「わかった。それじゃ乗ってくれ」

六

坂崎栄五郎の足取りを追うために、伝次郎たちは小石川界隈への聞き込みを行った。その聞き込みを先導したのは、八州吉だった。栄五郎の接近を予想して、ここしばらく菱沼哲之助への監視をつづけていたので、おおよその見当をつけていたからだった。

町方につき従う小者は、与力や同心の探索の意図を咀嚼《そしゃく》し、ときに主人より勘ばたらきがよかったり、鼻を利かせることがある。優秀な小者はそうである。そして、八州吉はその部類のようだ。

「菱沼さんの自宅そば、そして道場の近くには、念には念を入れて探りを入れていましたが、栄五郎らしき男は見られていないんです。そうはいっても、やつは菱沼さんへの仕返しを考えていたはずですから、離れたところで息をひそめてはいなかったはずです」

栄五郎探索にあたり、八州吉はまずそんなことをいって、本郷一丁目から五丁目への聞き込みを開始した。伝次郎は異を唱えず、八州吉の言に従い聞き込みをしていった。

しかし、本郷界隈で栄五郎らしき男を見たというものはいなかった。

「少し休もう」

伝次郎は小休止を取るために、八州吉と勘兵衛に提案した。本郷六丁目から本郷菊坂台町《きくざかだいまち》に入ったところだった。勘兵衛もそうしましょうという。

三人は茶屋の床几《しょうぎ》に座って熱い茶を飲み、静かに通りを眺めた。さっきまで晴れ間があったが、いまは鼠《ねずみ》色の雲が空をおおっていた。あたりは夕暮れのような暗さだ。かといって冷え込みは強くなっていない。逆に風を生ぬるく感じるほどだ。

(雪になるかもしれぬ)

伝次郎は暗い空を見あげて思った。

「栄五郎には渾名があるんです」

八州吉がぼそりとつぶやくと、勘兵衛がすぐに応じた。

「知っている。〝蝮の栄五郎〟だろう」

「なんで、そんな渾名がついているか知っていますか」

八州吉はふっくらした饅頭顔を、勘兵衛に向ける。勘兵衛はわからないという。

「蝮のようにしつこいからだと思っていたんですが、そうじゃないらしいんです。

やつは蝮を捕まえては、生き血を吸うらしいんです。それが大の好物だと。それで
気味悪がられていたようで……」

「蝮の生き血を……」

「血を吸うだけじゃなく、蝮を蒲焼《かばや》きにしても食うそうで……。だから道場の試合
でも、容赦のない戦い方をするんじゃないかと思われていたようです」

「荒技を使っていたと聞いているが……」

勘兵衛は茶を飲んで八州吉を見る。

伝次郎は二人のやり取りを、聞くともなしに聞いていた。

「きれいに技を決めての一本だけじゃ、勝敗ははっきりしない。相手がまいったといっても手を抜かない。投げたり蹴ったり殴ったりもあたりまえで、相手を叩き伏せるまでは攻撃しつづける。それが栄五郎のやり方だったというんです。そのうち、やつと稽古するものがいなくなったと……」

「それじゃ、剣術ではなく喧嘩ではないか」

勘兵衛があきれたようにいって、話には聞いていたが、それじゃ嫌われもんになっても仕方ないなと、嘆息する。

「おそらく栄五郎は道場剣法に満足しなかったんだろう」

伝次郎が口を挟むと、勘兵衛と八州吉が同時に顔を向けてきた。

「道場剣法と実際の戦いはまったく異なる。道場剣法はその型《かた》に従って、きれいに技を決めるところに真価がある。だが、殺すか殺されるかの戦いの場で、それは通用しない。どんな汚い手を使ってでも、生き残ったものが勝ちだ。栄五郎はそういう剣法を求めていたんだろう。きれいごとではない、ほんとうの戦いの場で通用する剣法を……」

「それじゃ道場なんかで習うことはないんじゃ……」

勘兵衛だった。

「それはちがう。刀の使い方や体の使い方には、基本となるものがある。それを習得していなければ応用は利かん。基礎となるものが体に染みついていなければ、死ぬか生きるかの場では通用せんのだ。栄五郎はそのことをよく知っているからこそ、道場で研鑽《けんさん》を積んだのだろう。それだけ怖ろしい男ということだ」

「旦那がおっしゃると、真実味がありますね」

八州吉が感心顔でつぶやく。

「さあ、つづけるか」

伝次郎はぽんと膝をたたいて立ちあがった。

三人はそれから本郷菊坂台町、同菊坂町、同菊坂田町《たまち》と聞き込みをつづけた。そして、菊坂田町で栄五郎を見たというものがついにあらわれた。

それは小さな一膳飯屋だった。その店の亭主はよく覚えているという。

「このお侍にまちがいありませんよ」

亭主は人相書から顔をあげて伝次郎を見た。

「ここに来たのはいつのことだ？」

「最初は半月ばかり前でした。それから三度ばかり来ましたよ。一度は連れがいました」

伝次郎はぴくっと片眉を動かした。

「どんな連れだった？」

「どんなって、職人のような人でした。あんまり目つきのよくない人で、三十そこらに見えましたが……」

やはり栄五郎は、この近くにあらわれていたのだ。だが、わかったのはそこまでで、亭主はそのあとは見ていないという。三度目に来たのは五、六日前だったらしい。

似たような話は、小石川片町《かたまち》でも聞かれた。それは万屋《よろず》だった。栄五郎はその店で草鞋《わらじ》を買っていた。それも半月ほど前のことだった。

さらに、小石川富坂新町《とみさかしんまち》では、

「二、三日前も見たばかりですよ。この頃よく見かけるお侍だと思っていたんです」

そういうのは、青物屋《あおもの》の主《あるじ》で、なにか悪さでもやらかしたのかと聞いてくる。刃傷沙汰を起こした男だというと、ギョッと驚いた顔をして、昨日そんな噂を聞いたばかりだといった。

そんなやり取りをしていると、他の店で聞き込みをしていた八州吉が駆けてきて、

「旦那、鶯谷《うぐいすだに》に部屋を借りていたのがわかりました」

と、告げた。

「鶯谷……」

伝次郎はとっさに、青物屋の前にある坂上に目を向けた。

土地のものが鶯谷という場所は、金杉水道町《かなすぎすいどうちょう》にある多福院《たふくいん》周辺のことである。謂《い》われは鶯の鳴き声がよそよりすぐれているかららしいが、いまはその声を聞く時季ではない。

伝次郎たちは早速鶯谷に向かった。

七

そこは多福院門前の外れにある、多之助《たのすけ》という職人のやっている畳屋だった。

「へえ、十日ばかり貸してくれといわれまして、それで一部屋あけてやったんです」

多之助は小心そうな顔を伝次郎に向けた。

「すると、半月ほど前から住んでいたのだな」

「毎日じゃありませんでした。部屋に寝泊まりしたのは六日ほどでしたか……」

「そのとき誰かこなかったか？」

「来ました。あの方は吉蔵と呼んでいましたが……」

「吉蔵」

つぶやく伝次郎は、もしやあのゴロツキではないかと思った。

「坂崎栄五郎というのがほんとの名でしたか……」

栄五郎の人相書をまじまじと眺めていた多之助は、伝次郎に顔を向けた。

「吉蔵というのはどんな男だった？」

「どんなって……あんまり目つきのよくない人でした。なあ」

多之助はそういって土間奥にいる女房に視線を送った。

「色が黒くてしわがれた声で気味悪かったです」

女房がいう。

「それに、坂崎さんとおっしゃるんですか、そのお侍がうちに寝泊まりした朝は、そこの明地《あきち》で剣術の稽古をしてましたよ。そりゃあずいぶんな熱の入れようでして、その辺のお侍とちがうんだなと感心していたんです」

店のすぐそばには、林のある明地があった。

「この男と話はしたか？」

伝次郎は人相書を指ではじいて、多之助と女房を見る。

「たいした話はしてません。今日は寒いとか風が強いとか、そんなことです。茶を淹《い》れてくれといわれれば持って行きましたが、口数の少ない人でした。わたしたちには山川栄三郎《やまかわえいざぶろう》と名乗っていたんですがねえ」

土間奥にいた女房が、伝次郎のいる戸口前へ来ていった。すぐ脇が仕事場になっていて、作業途中の畳に大きな針が突き立てられていた。

「何度か来た吉蔵という男と、栄五郎は話をしていたはずだ。なにか聞かなかったか？」

「貸した部屋のそばに行くと、二人は話をやめるんです。こっちの足音でわかるんでしょうけど……それで、わたしゃ黙って茶を置いて台所に下がりましたよ」

栄五郎が短い間借りていた部屋は、その家の奥にある三畳間だった。

「すると、なにも聞いてないってわけか……」

伝次郎が落胆したようにつぶやくと、女房は「いいえ」と、いう。小じわの目立つ顔を向け、目を輝かせて言葉をついだ。

「話をしていたのに、急にやめるんだから気になるじゃないですか。わたしゃ聞き耳を立ててましたよ。それでもよく聞こえませんでしたけど、橋場の米屋がどうの、相場がどうのってそんなことを聞きました」

「橋場の米屋……」

「ええ、それから松森さんによくいっておくとかなんとか、そんなことを聞きました」

「松森……」

つぶやいたとたん、伝次郎はハッとなった。

お幸を攫った男たちも、松森という名を口にしていたはずだ。

(そうなると、吉蔵というのはあの中にいた乱ぐい歯では……)

伝次郎がそのことを聞いてみると、

「ええ、そうです。歯並びの悪い人でした」

と、女房が即座に答えた。伝次郎は、多之助夫婦に礼をいって表道に出た。

「旦那、どうしたんです？」

追いかけてきた八州吉が、怪訝《けげん》そうな顔を向けてくる。

「おれの知っている娘を攫った男たちがいる。そいつらの中に栄五郎の仲間がいたんだ。おそらく間違いない。吉蔵という男だ。おれはそやつを懲らしめている」

「ほんとですか」

「それから栄五郎は米屋がどうのといったらしいが、おれは橋場と向島を行き来する荷舟を何度か見ている。それには胡散臭い男たちが乗っていた。それだけじゃない。攫われたお幸という娘は、向島がどうの松森がどうのという話を耳にしている」

「それじゃ、そいつらと栄五郎は、つながりがあるってことじゃないですか」

勘兵衛だった。

「うむ。おれは吉蔵のいる場所を知っている。他にも四人ほどいるが、ひょっとすると……」

「それは、どこです？」

八州吉が気負い込んだ顔を向けてくる。

「浅草東本願寺そばに真福院という寺がある。そこだ」

伝次郎はいい終わる前に歩きだしていた。八州吉と勘兵衛が追いかけるようについてくる。

伝次郎は自分の猪牙をつけた昌平河岸《しょうへいがし》まで戻ったが、大川に出たあとは上りになる。とりあえず浅草橋まで行って、あとは歩くことにした。蔵前《くらまえ》の通りを急いでいるうちに、雪がちらついてきた。

「降ってきましたね」

勘兵衛が暗い空から舞い落ちる雪片を眺めていう。

伝次郎は通りの先に目を向けたまま無言でうなずいた。もし、真福院に栄五郎がいれば、用心しなければならない。相手は獣のような手練《てだ》れだ。油断すれば、小一郎と同じように斬られるかもしれない。

そのことを思うと、我知らず下腹に力が入った。だが、うまく押さえることができれば、小一郎から頼まれた仕事はそうそうに片づけられる。千草にも無用な心配をかけることはない。

雪の降りが次第に強くなり、浅草真砂町《まさごちょう》に入ったときには、肩に積もる雪を払わなければならなかった。商家や寺院の屋根が、うっすらと白い色に変えられている。道には人の足跡が目立つようになった。

「勘兵衛、剣術の心得があるか？」

伝次郎は真福院のそばに来て問うた。本所道役は本所方の補佐をするもので、本来は道普請や川普請などと風水害などの被害を防ぐ、あるいは補修するための役目が主である。本所方にしても、犯罪の取締りよりも本所・深川の橋梁や道の建設、それに類する調査、あるいは水害時の橋の保護や住民の救助を第一義としている。

だが、実際は本所方の本来の役目は道役にまかせられ、また道役も本所方の犯罪捜査の補助をするようになっていた。かといって腕っ節があるかというと、その辺は定かではない。そんなことがあるから、伝次郎は聞いたのだった。

「剣術は習ってはいませんが、捕り物は何度もしています」

「さようか……」

伝次郎はさらっと受け流し、この男は見張りと伝令にしか使えないと思った。八州吉はそこそこのはたらきができるが、手練れの凶悪犯を相手にさせるわけにはいかない。

なにしろ栄五郎は小一郎と、馬庭念流道場の師範代をあっさり負かしているのである。それに栄五郎の強さは噂以上と考えておくべきだ。

真福院の山門前で立ち止まった伝次郎は、勘兵衛にここで待てと命じ、

「万が一のことがあれば、すぐ近くの番屋に走れ」

と、言葉を足した。

「承知しました」

「八州吉、ついてこい」

伝次郎は境内に入った。本堂の屋根も塔頭《たっちゅう》にも雪が積もり、木々の葉も白くな

っていた。しかし、境内には真新しい足跡などはない。

「あそこだ」

伝次郎は例の庫裡を目顔で示した。そのとき、葉を落としきった柿の木に止まっていた百舌《もず》がいびつな鳴き声をあげた。

「ここにいろ。様子を見てくる」

伝次郎は八州吉を本堂脇に残して、庫裡に近づいて行った。人の気配も物音も、そして話し声も聞こえてこない。しんしんと雪が降りつづいているだけだ。

庫裡の戸口前に立ち、屋内の音を拾おうと耳に神経を集中させた。なにも聞こえないし、人の動く気配もない。

(いないのか……)

胸のうちで五つ数えて、戸に手をかけると一気に引き開けた。

第三章　蓮華寺裏

一

屋内には誰もいなかった。三和土の先にある居間には、徳利や湯呑みが転がっているだけだ。壁にも着物の類《たぐ》いはないし、足許にも履き物はない。

伝次郎は雪駄のまま居間に上がり込んで、火鉢に手をあてた。火が消えて、かなり経っているのがわかった。伝次郎はがらんとした部屋を見まわして表に戻った。

八州吉が怪訝な顔を向けてきた。

「誰もいない。引き払ったようだ」

「それじゃどこへ？」

「わからぬ」

伝次郎は勘兵衛のそばに行くと、

「向島で妙な動きはないか？」

と聞いた。

「妙なとは……」

「胡散臭い男たちが、不審な動きをしているようなことだ」

勘兵衛は本所深川を見廻る道役である。なにか聞いているかもしれないと思ったが、反応は鈍かった。

「とくにこれといったことはないと思いますが……」

「さようか……」

伝次郎は真福院をあとにした。雪は降りつづいている。八州吉が横に並んで、どうしますかと訊ねる。

「畳屋の女房は、橋場の米屋がどうのこうのという話を聞いている」

「それじゃ橋場に……」

「うむ。だが、向島にも行くべきだろう」

伝次郎は遠くに視線を向けて、二人に指図した。

「おれは舟で橋場に向かう。八州吉と勘兵衛は先に行って、橋場の米屋に聞き込みをしてくれ。栄五郎が出入りしている店があるかもしれぬ」

「わかりました」

応じた八州吉は勘兵衛といっしょに橋場に向かった。

雪道を急ぎ後戻りした伝次郎は、浅草橋の近くに舫っていた猪牙に飛び乗ると、そのまま舟を大川に出した。菅笠を被って、櫓を漕ぎつづける。両岸の町屋は雪に烟《けぶ》っているが、隅田川に落ちる雪はそのまま水に融けている。

伝次郎は櫓を漕ぎながらお幸の聞いた言葉を反芻《はんすう》した。

蓮華党……松森……向島……。さらに、畳屋の女房は、橋場の米屋云々という話を聞いている。

伝次郎は先日来、気になっている橋場と向島を行き来する荷舟を、脳裏に浮かべた。あの舟には商人とは思えない男たちが乗っていた。浪人らしき男の姿もあった。坂崎栄五郎はあの男たちの仲間かもしれない。お幸を攫った男たちのひとり、乱ぐい歯の吉蔵は栄五郎と会い、橋場の米屋の話をしている。

吾妻橋をくぐり抜けた頃には、寒さを感じなくなった。櫓を漕ぎつづけているので汗がにじんでもくる。それでも吐く息は白かった。

橋場町《はしばちょう》に入ると、銭座《ぜにざ》のそばに舟を寄せて陸《おか》にあがり、勘兵衛と八州吉を探した。雪のせいで人通りが少ない。商家も戸を閉めてひっそりしている。

橋場町を走っている道は、かつての奥州《おうしゅう》街道である。伝次郎が町の中ほどまで行ったときに、先の店から八州吉と勘兵衛が通りに姿を見せた。

二人は伝次郎に気づくと、小走りにやってきた。

「おかしなことがあります」

八州吉がかたい表情でいう。

「おかしいというのは……」

「橋場にはそこにある相馬《そうま》屋という米問屋が一軒しかないいんですが、米が買い占められているんです」

八州吉は出てきたばかりの相馬屋を振り返った。

「米相場が上がっていますから、おそらく買い付けでしょう」

勘兵衛が言葉を添える。

「相馬屋は大得意ができたといって喜んでいますが……」

八州吉は納得いかない顔だ。

「買い占めをしているのは誰だ？」

「甲州《こうしゅう》屋というんですが、なんでもお上の息のかかった店だといいます」

「お上の……」

伝次郎は眉宇をひそめた。

「へえ、お上の名を出されちゃ売りしぶりはできないんで、求めに応じたといいます。それにしても、一軒の店の米を一回で、二十石も三十石も買うってェのは妙じゃありませんか」

「甲州屋はどこにあるんだ？」

「それがはっきりしないんです。買い取られた米は、向島に運ばれているらしいんですが、その先のことはわからないといいます」

八州吉はそういったあとで、相馬屋は坂崎栄五郎のことは知らないという。

「ふむ……」

伝次郎は顎をなでながら、二人が出てきた相馬屋を眺め、

「おれも聞いてみよう」

と、いって相馬屋に足を運んだ。八州吉と勘兵衛の訪問を受けたばかりだから、相馬屋の主は伝次郎に訝《いぶか》しげな顔を向けてきた。

「いったい何があるんでございます？」

「坂崎栄五郎という男を探しているのだ」

「それはさっきも聞かれましたが、聞いたこともなければ会ったこともございませんが……」

相馬屋は目を白黒させていう。

「名前も聞いたことないと……」

「はい」

「米の買い付けにあっているらしいが、それはいつからのことだ？」

「ひと月ほど前からですが……」

相馬屋の土間には米俵が積まれている。買い付けられても、すぐに仕入れているのだろう。

「相手は甲州屋というらしいが、その店の場所はわからないそうだな」

「へえ、はっきりいたしませんが、甲州屋さんはお上のお指図があっての買い取りだとおっしゃいますので、断れないんです。まあ、うちは買いたいという客がいれば、誰にでも売りますので……」

相馬屋の主は、ここ一月で二百石ほど売り上げがあったという。伝次郎は、それはたいした儲けだなと感心しながら、問いを重ねた。

「買い付けに来る甲州屋の中に吉蔵という男はいないだろうか。乱ぐい歯であまり目つきのよくない男だ」

「さっきも聞かれましたが、そんな人は見かけませんでした」

伝次郎は相馬屋をあとにすると、他の商家を数軒訪ね、同じことを聞いていったが、わかったのは甲州屋が相馬屋に利益をもたらしたということだけで、栄五郎の足取りはつかめなかった。

「どうします?」

表通りを歩きながら八州吉が顔を向けてくる。

「甲州屋は橋場で買い占めた米を向島に運んでいる」

「それじゃ向島に……」

二

「米の値段は上がるばかりです。ひょっとすると甲州屋は相場が安くなったときに買い、上がったときに売って儲けているのかもしれません。そんな話を何度か聞いたことがあります」

勘兵衛は向島に向かう舟でそんなことを口にした。黙って聞いている伝次郎は、棹をさばきながら、雪に覆われつつある墨堤《ぼくてい》を見ていた。

「いくらの儲けになるんだい？」

八州吉が問いかける。

「さあ、一石や二石じゃさほど儲からないだろうけど、何百石ともなれば話はちがってくる。相馬屋はここ一月で二百石売ってるんだから……」

天保のこの時期、米価は一升《しよう》六十文から百四十文の間で推移していた。例えば天保四年正月に米一升、八十四文だったのが、六月には百二十文、九月には百四十文に上がるといった具合である。

「だから二百石だといくらの儲けになるんだい？　だいたいでいいよ」

八州吉はしつこく勘兵衛に聞く。伝次郎もその会話に耳を向けた。

「一升で二十文の利益が出たと考えると……百両ぐらいじゃないかな……」

勘兵衛は考える目をしながら答える。

「それじゃ甲州屋は月百両は儲けているかもしれないってことか。買い占めが相馬屋だけじゃなかったら、どうなるんだ……」

「あちこちの米屋で買い占めてりゃ、その二倍三倍ということになるね」

「ひぇー、おまんまでそんなに儲けが出るのか」

八州吉は目をまるくして驚く。

「それより坂崎栄五郎の行方だ」

二人の会話を遮った伝次郎だが、栄五郎は甲州屋に関係していると考えられる。

伝次郎は棹を右から左へ移し替え、向島の舟着場を目ざした。

雪はやむことを知らず、降りつづいている。

舟着場の桟橋にも雪が積もっていた。墨堤も白く染められていた。

（舟がない）

伝次郎は自分の見た荷舟があると思っていたが、そんな舟は見あたらなかった。近所の百姓が使っているらしい、古びた小舟が二艘《そう》あるだけだった。

三人は墨堤にあがると、あたりを見まわした。寺島村の百姓地が広がっているだけである。人の姿は見られない。左に白鬚神社が見える。そして百花園《ひゃっかえん》。前方に鬱蒼《うっそう》とした林があり、寺の屋根がのぞいている。

「あれは……」

伝次郎は前方の寺を見てつぶやいた。

「蓮華寺《れんげじ》です」

即座に答えた勘兵衛の言葉に、伝次郎はぴくっとこめかみを動かした。

吉蔵らに攫われたお幸は、蓮華党という名を聞いている。もしやあの寺に関係があるのではないかと思ったのはすぐだ。

三人は墨堤を下りると、人の足跡のない野路を辿《たど》った。三羽の鴉が蓮華寺の林から飛び立ち、鳴き声をあげながら北のほうへ去った。

三人が足を止めたのは、三町ほど野路を辿ったところだった。道端に倒れている男がいたのだ。倒れて間もないのか、体にはうっすらとしか雪は積もっていない。

「おい、どうした？」

伝次郎は男のそばにしゃがんで体を揺すった。男は小さく目を開けたが、意識がうすれているようだ。うつろな目で、もごもごと口を動かしただけだ。

伝次郎が腕をつかむと、すっかり体が冷えているのがわかった。唇にも血色がない。

「このままでは凍え死んでしまう」

伝次郎は八州吉と勘兵衛に、近くの家に運ぼうといった。近くには数軒の百姓《ひゃくしょう》家《や》が見える。その一番近い家に、男を運んだ。

戸口で家の戸をたたいて声をかけると、三十過ぎと思われる女が出てきた。やつれた顔をしていれば、髪もほつれていた。

「行き倒れを見つけたのだ。体が冷えているから少し休ませてくれないか」

伝次郎が頼むと、女は気乗りしない顔をしながらも、家に入れてくれた。伝次郎は板敷きの間にある火鉢のそばに男を寝かせ、

「なにか温かいものを飲ませてやってくれないか。茶でもなんでもいい」

女は返事もせず台所に行き、しばらくして白湯《さゆ》を持ってきた。

「そこに出入りしているお侍ですか？」

白湯をわたしながら女は妙なことをいう。

「そことは、どこだ？」

「蓮華寺の裏の家です」

伝次郎は勘兵衛と八州吉を見て、女に顔を戻した。

「その家に侍が出入りしているのか？」

「侍だけじゃありませんよ。柄のよくない男たちがたむろしてるんです。知らないんだったら、あの人たちの仲間じゃないんですね」

「妙なことをいうな。ちょっと待ってくれ、この男の手当てをする」

伝次郎はそういって運び込んだ男に白湯を飲ませた。男は無意識に口を動かしてわずかに飲みはしたが、ほとんどは口の端からこぼれた。

「仕方ない。あとで飲ませよう。それからなにか被せるものを貸してくれないか。褞袍《どてら》でも布団でもいいが……」

女は褞袍を持ってきて伝次郎にわたしたが、そのとき男の腕と足に青痣《あおあざ》が浮かんでいるのを見た。ひとつや二つではなく、胸には蚯蚓《みみず》のような痣さえあった。

（どういうことだ……）

伝次郎は疑問に思ったが、褞袍をかけてから女に顔を戻した。

「おまえさんはこの家の女房なんだな」

「へえ」

「亭主はどうした？」

「畑に出ています。この天気だからやめとけっていったんですけど、室《むろ》が気になるからって出ていったんです。じき戻ってくると思いますが……」

女房の亭主は、室で作物を作っているのだろう。

「おまえのいう男たちだが、知っていることを教えてくれないか」

「知っていることなんてありませんよ。ときどき大八車に米俵を積んできたり、持って行ったり……若い娘を連れてきたり。きっとよくない連中ですよ。うちの亭主も気味悪いから、関わらないようにしろっていってんです」

「若い娘……」

「二度ばかり見たけど、ありゃ商売女じゃないです」

ひょっとすると、お幸もその男たちのところへ連れて行かれようとしていたのかもしれない。伝次郎は栄五郎の人相書を女房に見せた。

「おまえのいう家に、この男が出入りしていないだろうか」

「さあ、わたしゃ遠くからしか見ていないんで……」

「その男たちは蓮華党と名乗っているんじゃないか?」

女房は首をかしげた。

「それじゃ甲州屋という米屋を知らないか?」

「いやあ。この辺には米屋なんてないし……」

たしかにこの辺に商家はない。あるとすれば茶店かちょっとした料理屋、そして商家の寮(別荘)ぐらいのものだ。

「その蓮華寺の裏の家は、どこかの商家の別宅ではないのか」

「ちがいます。死んだ茂兵衛《もへえ》さんの家です。跡継ぎの長男は家出をして行方知れずで、空き家になっていたんです。そこへ、変な男たちがやってきたんですよ」

「その男たちが住みついて長いのか?」

「あの男たちを見るようになったのは、二月ほど前からです」

女房がいったとき、横になっていた男が「わッ」と声をあげて飛び起きた。突然のことだったので、女房は後ろ手をついて驚いた。

三

「ここは……」

目を覚ました男は、伝次郎たちを怯《おび》えたように見て家の中を見まわした。なにかを恐れているふるえ顔で、褞袍をかき抱いて後ずさりする。

「わたしの家ですが……」

女房が答えた。

「おまえは雪道に倒れていたのだ。覚えていないのか？」

伝次郎は男をまじまじと見て聞いた。

「あなたたちは……」

男はふるえ声で聞き返す。

「おれたちは町方の手伝いをしているものだ。追っている男がいてな」

「町方の……それじゃ、人攫いじゃないんですね」

「そんな人間に見えるか？　ま、いい。おまえの身に何があった？　ただ倒れていただけではないと思うが……」

「娘が攫われたんです。神隠しにあったみたいに、急にいなくなりまして、それで探していると攫われたというのがわかったんです。それから人づてに聞き歩いているうちに、やっと向島に行きついたんですが、相手はうちの娘のことは知らないといいます。わたしゃ嘘だと思って、返してくれと頼んだんですが、あくまでも相手は白《しら》を切って帰れと脅します。わたしゃそれでもあの家を見張っていたんですが……」

「あの家というのは、蓮華寺の裏にある家のことだな」

「さいです。ご存じなので……」

「いや、いまこの女房から聞いたばかりだ。それでどうしたのだ？」

「娘がいる証拠をつかもうと思いまして、隠れて見張っていると、男たちがやってきて、帰れ帰れと怒鳴りながらわたしに手をあげたんです。それでも娘を返してくれるように頼んだんですが、さんざん殴られたり蹴られたりしまして……」

「それで逃げたんだな」

「へえ、殺されてはかなわないんで、出なおそうと思ったんですが……」

男は逃げる途中で気を失って倒れたようだといい、ハッと気づいた顔になり、

「わたしを助けてくださったんですね」

と、いって頭を下げた。

「そんなことより、どうして攫われた娘のことがわかった？」

男はそのことを詳しく話した。

男は千住宿で乾物《かんぶつ》屋を営む助次《すけじ》といった。攫われた娘はお民《たみ》といい、年は十六だった。

お民が姿をくらましたのは、ひと月ほど前だった。それ以来、助次はお民探しをつづけ、ようやく手掛かりをつかんだ。千住大橋にある船宿の奉公人が、お民らしい娘が三人の男といっしょに舟に乗って隅田川を下ったというのだ。

助次は年の頃や、顔立ちや着物の柄などを聞いて、お民だと確信した。それは五日ほど前だった。助次は娘を乗せた舟の行方を追うために、借りた舟で隅田川沿いを下り、片端からお民のことを訊ねまわっていった。

すると、橋場之渡しで似た女を見たというものがいた。その男の話では、お民ら

しき女はやはり三人の男といっしょに、橋場から向島にわたったという。

助次はあとを追うように向島にわたると、茶屋や料理屋を訊ね歩き、それでわからないと出会った人間や畑仕事をしている百姓らにも聞いてまわった。そして、ついに蓮華寺の裏にある一軒家を見つけたのだった。

「その家にたしかに娘はいるのか？」

伝次郎は助次の話が終わってから聞いた。

「いるはずです。そうでなきゃおかしいんです。出てきた男たちはいないといいますが、そんなことはありません。あの家に連れて行かれる女を見たという百姓がいるんです」

「わたしもその話は聞いてますよ。旦那さんの娘さんかどうかわかりませんが……」

女房だった。

「どうします？」

八州吉が伝次郎を見て聞く。

「たしかめる。栄五郎もその家にいるかもしれねえからな」

伝次郎がそういったとき、家の戸ががらりと開いて人が入ってきた。

「いやあ、よく降りやがる」

入ってきた男は雪を被った蓑笠を脱いだところで、伝次郎たちに気づき、驚いたように顔をこわばらせた。

「あんた、心配いらないわ。町方の手伝いをしている人たちよ」

女房はそういって、ざっと伝次郎たちのことを話し、まだ名前を聞いていなかったといった。

「おれは沢村伝次郎という。こっちは八州吉、そして本所道役の勘兵衛だ。あやしいものじゃない」

「ひょっとしてあの家のことですか……」

目をしばたたいていう亭主は、被っていた手拭いを剝ぎ取って伝次郎たちを見た。

「おまえたちのいう家は大いに気になるが、おれたちはこの男を追っている」

伝次郎は亭主に、栄五郎の人相書を見せた。

「人殺しですか？」

亭主が人相書から顔を上げていう。

「見かけたことはないか」

「さあ、あの家にはお侍が何人か出入りしていますから、その中にいるかもしれませんが、はっきりしたことはわかりません」

「よからぬ噂があるようだが……」

「へえ、あまりいい話は聞きません。何をしているのかわかりませんが……」

「よくない話とは、どんなことだい？」

八州吉だった。

「女を連れ込んでるとか、米を盗んできてるんじゃないかとか……そういったことです。あっしらは関わらないようにしてますが、向こうもこの辺の人間に気を使ってるのか、近寄ってはこないんです。ですが、もう引き払うんじゃないでしょうかね」

伝次郎は最後の言葉に眉宇をひそめた。

「引き払うって、それはどういうことだ？」

「さっき村のもんに会ったんですが、引っ越しをしているようだというんです。なんでも一昨日あたりから荷物を持ち出してるらしいんです。あっしらは気色《きしょく》悪いから、早くそうしてくれたらいいと思ってんですがね」

それを聞いた伝次郎は、さっと八州吉と勘兵衛を見た。

「ここで油を売っている場合ではないな。早速あたってみよう」

伝次郎はそういってから助次を見た。

「おまえの娘がいるかどうかもたしかめてこよう」

四

雪は短い間にさらに積もっていた。

不審な男たちがいるという家は、蓮華寺の東にあった。二百坪ほどの屋敷は、崩れかけた竹垣で囲われていた。ちょろちょろと水音を立てる小川が、家の前を流れている。

伝次郎は勘兵衛と八州吉を表に待たせて、庭に足を踏み入れた。戸口も雨戸も閉め切られていて、ひっそりしている。母屋の脇に納屋があったが、藁束《わらたば》と農具が転がっているだけだった。

戸口前に立つと、家の中から人の話し声が聞こえてきた。耳をすますと、人数は多くないようだ。三人、あるいは四人……。

「頼もう」

伝次郎は声をかけて戸口を引き開けた。とたんに雪と風が家の中に吹き込んで、土間奥に立っていた男がにらむように見てきた。そして、座敷で火鉢にあたっていた三人の男が、一斉に見てきた。

「なんの用だい？」

座敷にいた浪人ふうの男が聞いてきた。

「つかぬことを訊ねるが、ここに坂崎栄五郎という男が出入りしていないだろうか？」

浪人は隣の男と顔を見合わせた。

「あんたは何者だ。人にものを訊ねる前に、自分のことを名乗ったらどうだ」

「沢村伝次郎という浪人だ。坂崎栄五郎を探している」

伝次郎は家の中に視線をめぐらせた。この家にいるのは、目の前にいる四人だけだ。どう見てもまともな男たちではない。ひと癖も二癖もある顔ばかりだ。

「戸を閉めろ」

土間奥の男が剣呑《けんのん》な顔でいった。伝次郎は静かに戸を閉めた。それで風と雪が遮断された。家の中は暗いが、座敷に燭台《しょくだい》を点《とも》してある。

「残念ながら坂崎という人間はいねえな」

浪人はいいながら差料を引き寄せた。

「さようか。では、蓮華党という名を聞いたことはないか？　そこに松森という男がいるはずなんだが……」

浪人はまた仲間と顔を見合わせた。男たちの態度が次第に硬化してゆくのがわかった。

「知らないか？」

伝次郎は言葉をついだ。

「いったいどういう了見で、そんなことを聞くんだ。いきなり他人の家を訪ねてきて無礼じゃねえか」

土間奥に立っている男だった。ゆっくり伝次郎に近づいてくる。懐に匕首を呑んでいる。

「坂崎栄五郎を調べているうちに、いろんなことが耳に入ってきてな。それにこの家に、攫われた女がいるとも聞いたのだ」

伝次郎はもう一度屋内を見まわした。米俵はない。だが、土間にはそれまで米俵の積まれていた形跡があった。

「沢村といったな。いい掛かりにもほどがあるぜ。わけのわからねえことを勝手にしゃべりやがって……」

浪人が刀をつかんで立ちあがった。すると、そばにいた二人も腰をあげた。長脇《ながど》差《す》を手にしている。

「あんたのいうことは、さっぱりわからねえ。怪我しねえうちに帰りな」

「それじゃ甲州屋という米屋を知らぬか？」

男たちはまた互いの顔を見合わせた。

「しゃらくせえ野郎だ」

土間にいた男が、怒りを押し殺した声を漏らして匕首を引き抜いた。

「待て、喧嘩をしに来たんじゃない。おれは坂崎栄五郎という男を探しているだけだ」

「知らねえといってるだろう」

土間にいた男がいきなり斬りかかってきた。伝次郎は軽く体をひねってかわしたが、座敷にいた浪人が抜刀して斬りかかってきた。

伝次郎は抜き様《ざま》の一刀でその斬撃《ざんげき》をはね返し、戸口を背にして立った。

「気の立つことばかりぬかしやがって……」

浪人が青眼《せいがん》に構えて間合いを詰めてくる。伝次郎は右下段に刀をおろした。

「斬り合いは無駄なことだ。おれは本所方の助《すけ》をしている男だ」

「ますます気に入らねえ」

浪人が斬り込んできた。伝次郎が擦《す》りあげると、さっと離れて構えなおした。長脇差を構えている男が二人、右に立った。浪人が突きを送り込んできた。牽制《けんせい》の突きで、かわされると逆袈裟に刀を振りあげた。

伝次郎は即座に打ち払った。刃同士がぶつかり、小さな火花が散った。横から男が肩を狙って斬りにきた。伝次郎は下がりながら、逆に男の肩に一撃を見舞った。手加減したので死にはいたらないだろうが、男は膝から崩れて両手をついた。

それを見た浪人が形相《ぎょうそう》を変えて、上段から撃ち込んできた。伝次郎は頭上で受けると同時に、右足で相手の腹を思いきり蹴った。虚をつかれた浪人は、二間ほど吹っ飛んで背後の壁に背中を打ちつけた。

「むぐッ……」

悔しそうににらみ返してきたが、戦意を喪失している。伝次郎は背後にまわった男に、さっと剣尖《けんせん》を向けた。長脇差を構えた男は、撃ち込もうとした寸前で躊躇《ためら》って下がる。

「無駄な斬り合いはここまでだ。刀を引け」

伝次郎は相手をにらんでいった。

「伊蔵《いぞう》、仲間を呼んでこい」

浪人が立ちあがっていうと、匕首を持っていた男が、裏の戸から表に飛びだしていった。

さらに、そばに立っていた長脇差を持った男も、表の戸を引き開けて外に飛びだした。伝次郎はその男を追った。

「八州吉、そいつを逃がすな！」

伝次郎は呼びかけたが、八州吉は不意のことに対処できず、男の振りあげた刀を恐れ脇に飛びのいた。勘兵衛は八州吉の背後でたじろいでいる。男はその隙をついて脱兎のごとく逃げてゆく。八州吉が追おうとしたが、

「待て、もういい」

と、伝次郎は袖を引いてあきらめさせた。

「それより家の中にいるやつから話を聞く」

伝次郎は急いで家の中に引き返した。だが、浪人はいなかった。裏の戸が、ぽっかり開いていて、その向こうで雪が舞っていた。伝次郎が肩を斬って倒した男は、土間に俯せに倒れていた。その背中に真っ赤な血が広がっていた。

「こいつは……」

勘兵衛だった。

伝次郎は無言で死んでいる男を見下ろした。さっきの浪人がとどめを刺して逃げたのだ。裏の戸を出てあたりを見まわしたが、すでに姿はなかった。あるのは伊蔵という男と、浪人の逃げた足跡だけだ。

「追うぞ」

伝次郎は二人に呼びかけて、雪の中に足を踏みだした。

五

「伊蔵、待て、待つんだ」

墨堤を駆け下りた山口《やまぐち》龍三郎《りゅうざぶろう》は、舟を出そうとしていた伊蔵に声をかけた。

「やつはどうしました？」

「わからん。だが、やつのことは仲間に知らせなきゃならねえ」

「喜左次《きさじ》は？」

伊蔵が人を疑うような目を向けてくる。

「逃げた。捕まってりゃまずいことになるが……。だが、善吉《ぜんきち》は死んだ」

自分がとどめを刺して殺したとはいわなかった。

「喜左次を待ちますか？」

「いや、舟を出すんだ。仲間に知らせるのが先だ」

龍三郎は一度墨堤を見て、早く舟を出せと伊蔵を急かした。雪道には自分たちの足跡が残っている。沢村と名乗った男は、その足跡を頼りに追ってくるはずだ。

「やつは本所方の助をしているといいましたね」

伊蔵が櫓を漕ぎながら話しかけてくる。

「ああ」

「蓮華党という名も、甲州屋のことも知っていました」

「そりゃあ知られてもどうってことはねえさ」

龍三郎は懐から手拭いを取りだして首に巻きつけ、もう一度、墨堤のほうに目を向ける。墨堤は降りしきる雪に霞んでいる。舟着場のあたりに目を凝らしたが、人の姿は見えなかった。

「しかし、これで栄五郎さんが追われているのがはっきりしました」

「…………」

龍三郎は黙したまま伊蔵を見た。伊蔵が見返してくる。

「なんです？」

「ごちゃごちゃいわずに、黙って漕ぐんだ」

強くいうと、伊蔵はとたんに不機嫌な顔になった。感情がすぐ顔に出る男なのだ。

龍三郎は生意気な野郎だと、胸の内で毒づく。だが、伊蔵への小さな腹立ちはすぐに忘れ、さっきの男のことを考えた。

「伊蔵、さっきの沢村って男だが、なかなかの腕だった」

「あっしもそう思いました」

「栄五郎さんを追っているんだ。なまなかな腕じゃ太刀打ちできねえだろうからな」

「山口さんも往生しましたからね」

龍三郎は伊蔵をにらんだ。

この野郎、余計なことをいいやがってと、また腹立ちを覚える。人の感情を斟《しん》酌《しゃく》しない浅はかな男だから、あまり人に好かれない。そのじつ、伊蔵も龍三郎には好感を抱いていなかった。きっかけがあれば、いつでも叩き伏せてやろうと考えていた。

「喜左次が捕まってりゃ、どうなります？」

伊蔵が顔を向けて聞く。よくしゃべるやつだ。だが、龍三郎もそのことは気がかりだった。喜左次はすばしこい男だし、口の堅い男だ。拷問《ごうもん》をかけられても、あっさり口は割らないだろう。それに、喜左次が知っていることは少ない。それだけは救いだろうが、町方の調べは油断できない。

「どうなるんです？」

伊蔵が顔を向けてくる。その声はギイギイと、櫓の軋《きし》む音に重なった。

「捕まったら調べを受けるだろうが、やつの知ってることは少ない。そうじゃねえか」

「そうでもありませんよ」

「なにッ」

「おれたちゃ暇なときになんでも話してます。それに喜左次はなんでも知りたがる男です」

龍三郎はそうだったかと、顔をしかめ、内心で舌打ちした。

「捕まったら、ことじゃねえですか。助けに戻りますか？」

伊蔵は櫓を漕ぎながら、向島に視線を飛ばした。もう舟は川の中ほどまで来ていた。

「戻ってもいいが、おまえはあの沢村という男を相手にできるか？」

「山口さんがいるじゃないですか……」

伊蔵はへらっと、小馬鹿にしたような笑みを唇の端に浮かべた。

「やつはひとりで来たんじゃねえ。仲間を二人つけていた」

「ほんとですか？」

伊蔵は気づいていなかったらしい。目をまるくして驚いた。

「嘘じゃねえさ。表に二人いるのをおれは見ている。小者だろうが、町方の手先は一筋縄ではいかねえものが多い」

「そうすると、まずいですね」

「だから、仲間に知らせるのが先なんだ。さっきからそういってるだろ」

「知らせたら、また戻るんですか？」

いちいち面倒なことを聞きやがる野郎だ。そう思って龍三郎は伊蔵をにらみ、

「少しは黙ってろ。おまえは舟を漕いでりゃいいんだ」

と、冷たく撥《は》ねつけた。

とたんに伊蔵は口を尖らせ、むすっとなった。龍三郎はそんな伊蔵を無視して、なぜ沢村伝次郎という本所方の手先が、あの家に来たのだろうかと考えた。誰かがたれ込んだのか？　すると、近くに住む百姓か、それとも墨堤の茶屋か料理屋の人

間……。もしくはあの近所にある寺の坊主……。

「さっきの沢村って男ですが、本所方に使われているんですよね。助っ人だとやつはいいましたから……」

考えごとをしていると、またもや伊蔵が口を挟んできた。

「そういうことだ」

「だったら本所方も、栄五郎さんを探しているってことですね」

「あたりまえだ。わかりきったことを聞くんじゃねえ」

龍三郎はそういったが、なぜ本所方が動いているのだと考えた。栄五郎を追うのは、本所方ではなく、三廻り（定町・隠密・臨時）の同心のはずだ。

「……そうだな。おまえもときにはいいことをいう」

「なにがです？」

褒めてやると、伊蔵はすっとぼけた顔を向けてくる。

「なんでもねえ」

雪に烟《けぶ》っていた橋場の町がはっきり見えるようになっていた。

六

足跡を辿ってきた伝次郎は、白鬚神社前の土手道を下りたところで足を止めた。

「どうされました？」

勘兵衛が後ろから聞いてきた。

「足跡は二つだ。伊蔵と呼ばれた男と、あの浪人のものか……」

もうひとり逃げた男がいるが、足跡は二つだけである。

「そうですね。もうひとり逃げていますからね」

八州吉が横に並んでいう。

伝次郎は先の舟着場に目を向け、雪に烟っている橋場を見た。川中に舟の姿は見られない。それから足を進めて、舟着場まで行った。

舟はなかった。だが、桟橋には雪に埋もれそうになっている足跡がある。それは二人の人間のものだ。

「舟で逃げたんですね。向かったのは橋場ですかね。それとも……」

八州吉が下流に目を凝らす。伝次郎もそっちに目を向けたが、雪が視界を遮っているのでよく見えない。

「どうします？」

勘兵衛が聞く。伝次郎は自分の舟に戻って、あとを追うことも考えたが、

「あの百姓の家に戻ろう。助次に娘のことを話さなければならねえ」

と、いって舟着場に背を向けて引き返すことにした。

雪道で倒れ死にそうになっていた助次を運び込んだ百姓家の主は倉助《そうすけ》といい、女房はおせきといった。

伝次郎たちが戻ると、助次が真っ先に娘のことを聞いてきた。

「あの家には女はひとりもいなかった」

「ほんとうですか、そんなことはないはずなんですが……」

助次は信じられないという顔をする。体が温まったらしく、顔に血色が戻っていた。

「いたのは四人の男だけだった。もっとも感心できねえやつらだったが……」

「四人だけじゃないはずですよ」

おせきという女房が、ほつれた髪を指先ですくっていう。

「おれたちが行ったときは四人だけだった」

「それじゃ引っ越すという話は、ほんとうだったんだ」

亭主の倉助が吸っていた煙管を火鉢の縁に打ちつけた。伝次郎は倉助に目を向けた。

「それじゃなぜ、あの四人は残っていたんだ。引っ越しをするなら用はなかったはずだ」

「たしかにおかしいことですね」

おせきから茶を受け取った八州吉がいう。

「誰かを待っていたか、なにか届くのを待っていたとか……」

勘兵衛だった。

「もし、そうだとするなら、あの家に誰かがやってくるということだな」

伝次郎は壁の一点を見てつぶやいた。

「もう一回行ってみますか」

八州吉が茶を飲んでいった。

「うむ。少し休んでから行ってみよう」

「旦那さん、ほんとに女はいなかったんですか、うちの娘がいるはずなんですが……」

助次がすがるような目を向けてくる。

「いなかった。嘘じゃない。もし、あの家にいたのなら、他の者たちと引っ越し先に連れて行かれたのだろう。そう考えるしかない」

「どこへ引っ越したんでしょう」

助次はうなだれて、ため息をつく。伝次郎は憐憫《れんびん》の目を向けるしかない。

「それにしても腹が空きましたね」

八州吉がぽつんとつぶやいた。

「そうだな。おせき、食い物があるなら何か作ってくれないか。その分の礼はする」

伝次郎が頼むと、おせきは冷や飯しかないがそれでいいかという。

「なんでもいい」

おせきは台所に立つと、手際よく六人分の塩むすびを作り、それに沢庵《たくあん》と南瓜《かぼちゃ》の甘辛煮を出してくれた。南瓜は砂糖と醬油だけの味付けだったが、空きっ腹にはいつになくうまく感じられた。

軽い飯の後に茶を飲んで腹を満たすと、伝次郎たちはまたさっきの蓮華寺裏の家に向かった。雪が小降りになっていて、視界が開けていた。

空にはかすかな日の光もある。伝次郎はそんな空を見て、雪がやむと思った。

四人の男たちがいた家に戻ると、土間にあった死体を裏に移し、仔細に家の中を見てまわった。男たちの持ち物などは見あたらなかった。古びた簞笥《たんす》の中も空っぽである。茶簞笥には欠け茶碗や、埃《ほこり》の溜まった丼と少しの小鉢が残っているだけだ。

座敷に置かれた長火鉢のまわりにも、空に近い酒徳利と湯呑みがあるのみだった。表を見に行った勘兵衛が戻ってきて、納屋には何もなかったという。

「連中はほんとうに越したようだな」

伝次郎は火鉢のそばにでんと腰をおろして、天井の梁を眺めた。

「どうします？　ここにいてもしようがないんじゃ……」

八州吉がそばに来ていう。ふっくらした饅頭顔は、よく日に焼けている。

「うむ。だが、あの四人がなぜここにいたか、それが気になる。さっき勘兵衛がいったように、誰かを待っていたか、なにか届くのを待っていたとすれば……」

「それじゃ少し待ちますか」

八州吉は顔に似合わずせっかちなようだ。

「うむ。しばらく待つことにしよう」

伝次郎は煙草入れを出して、煙管を吹かした。表から鳥の鳴き声が聞こえてきた。どうやら、雪がやんだかやむ気配があるのだ。鳥は天気に敏感である。

しばらくして表をのぞいた勘兵衛が、

「雪がやみました」

といった。

それからもう一度表を見て、ギョッとした顔を伝次郎と八州吉に振り向けた。

「人が来ます」

「何人だ？」

「ひとり二人じゃありません。十人はいます」

「なにッ」

伝次郎は差料をつかんで立ちあがった。

七

伝次郎は勘兵衛の横に行き、雨戸の隙間から表を見て唇を引き結んだ。

男たちは庭に入ったところだった。ひと目見ただけでただ事ではないとわかった。

男たちは物々しい装束に、尋常でない険悪な空気を身にまとっていた。

蓑笠に引廻合羽《ひきまわしがっぱ》を羽織り、手甲脚絆《てっこうきゃはん》に股引に草鞋穿き。各々長脇差や刀を持っている。その中に知った顔がいくつかあった。さっき、この家から逃げていった浪人と一度叩き伏せた桑原という浪人、そして乱ぐい歯の吉蔵である。

先頭に立っている者は、青い引廻合羽を着込み、両刀を差していた。目鼻立ちのはっきりした、彫りの深い顔立ちだ。

(こやつらが蓮華党か……)

伝次郎がそう思ったとき、先頭に立っていた男がさっと手をあげた。それを合図に四、五人の男たちが戸口に殺到してきた。それぞれに長脇差を手にしている。

「勘兵衛、八州吉、裏から逃げろ！」

伝次郎が注意を喚起したとき、戸口がバリーンと甲高《かんだか》い音を立てて倒れた。

「早くしろ！」

伝次郎は勘兵衛と八州吉を振り返って怒鳴った。

「でも、旦那は……」

八州吉が不安げな顔を向けてきたが、伝次郎はすぐに遮った。

「おれが食い止める。その間に逃げるんだ。早くしろ」

伝次郎がいい終わらないうちに、三人の男が家の中に飛び込んできて「いたぞ！」と、声を張った。

伝次郎は土間に飛び下りると、逃げる八州吉と勘兵衛を追おうとした男たちの前に立ち塞がった。

「てめえが沢村だな」

蝦蟇《がま》面の男が歯を剝きだしにして吠えた。同時に刀を振りまわしてきた。伝次郎は体をひねってかわすと、敏捷に座敷に飛びあがった。

「なんの真似だ」

「真似もくそもねえ。てめえらを殺しに来たのさ」

蝦蟇面は上がり框に足をかけると、

「逃げた野郎を追うんだ！」

と、仲間に指図した。同時に雨戸が倒され、三人の男たちが飛び込んできた。手にした刀がぎらりと鈍い光を放っていた。有無《うむ》をいわせず斬るという殺気をみなぎらせている。男たちは獲物を屠《ほふ》りに来た凶暴な獣だった。一切の情けをかけず、ただひたすら相手を殺すことしか考えていないのだ。

伝次郎は撃ちかかってきた男の刀を摺り落とすと、即座に体を寄せて右肘《ひじ》で相手の顎を砕き、背後から撃ちかかってくる気配を感じるなり、さっと身を低めながら反転した。

頭上を刃風をうならせる刀が振り切られたと思うや、絶叫があがり、血飛沫が飛んだ。

後ろから斬りにきた男の刀は、伝次郎が顎を砕いた男の首の付け根を斬っていたのだ。障子がパッと赤い血で染められ、斬られた男は倒れた。

伝次郎は呼吸を整える前に、蝦蟇面の攻撃に対処しなければならなかった。下から逆袈裟に斬りあげられる刀を、体をひねってかわすと、右足を飛ばして、蝦蟇面の股間を蹴りあげた。

「ぐッ……」

虚をつかれた蝦蟇面は倒れたが、新たな敵はすぐ目の前にあらわれた。

（いかん）

伝次郎は斬り込んできた男の刀を、摺り上げるとそのままの勢いで相手を押し倒して、表に飛びだした。屋内での動きは制限される。それを嫌ってのことだったが、事態はよくはならなかった。

表で待ち構えていた男たちが一斉に斬りかかってきたのだ。正面から斬り込んできた男の刀を撥ね返すと、左に反転しながら撃ち込もうとしていた男の脇腹を、横薙ぎに斬った。

もはや手加減無用だった。斬らなければ、自分が斬られる。こういう怖ろしい集団を相手にするのは、後にも先にもはじめてのことである。だが、恐怖心はなかった。肚をくくり、命を落とさないために戦うしかないからだ。

正面に二人の敵が立った。ひとりは青眼《せいがん》、ひとりは右八相《はっそう》。伝次郎は間合いを取らせまいと後ろに下がったが、そこへ予期しない攻撃を受けた。

ぴしッ！　伝次郎の袖が切られ、左腕に熱い迸《ほとばし》りを感じた。深傷《ふかで》ではない。皮膚をうすく斬られていた。

伝次郎はむんと口を引き結び、双眸《そうぼう》に力を入れて目の前の敵をにらんだ。相手は怯《ひる》むことなく撃ち込んでくる。

刀を頭上にあげて、その撃ち込みを受けると、さっと体をひねって足払いをかけた。相手は宙に体を浮かせ、尻から地面に落ちた。そのときにはつぎの殺人剣が、伝次郎に襲いかかっていた。攻撃はできないので、がっちりと受け止めると、鍔迫《つばぜ》りあうよう体を寄せ、渾身《こんしん》の力を振り絞って押し返した。

(後ろから肩を狙って撃ち込もうとしている敵がいる)

伝次郎の勘がはたらく。

鍔迫りあっていた相手を、押し返しながらひょいと手首を曲げて、柄頭《つかがしら》を顔面に飛ばした。ぐしゃッという音がして、相手は鼻血を噴きだしながら倒れた。

そのとき伝次郎は右に転がるように飛んで、片膝立ちになった。背後から斬りかかってきた男は、正面にいた仲間の小手を斬っていた。

「ぎゃあー！」

手首を斬り落とされた男は、悲鳴をまき散らして地面を転げまわった。地面に積もっている雪が赤く染められている。

伝次郎は庭の隅に追い込まれていた。呼吸が乱れていた。肩を上下に激しく動かし、喘《あえ》ぐように息をした。

三人の男が挟み込むように立ち、隙を狙いながら撃ち込む体勢を作った。

「松森さん、やつァ船頭だったはずですぜ」

乱ぐい歯の吉蔵だった。青い引廻合羽を羽織っている男にいっているのだった。それが松森という男なのだ。

伝次郎はちらりと確かめただけで、じりじりと後ろに下がった。左の男が突きを送り込んできた。下がって躱《かわ》すと、正面の男が左足を飛ばしながら、胴を抜くように斬り込んできた。

伝次郎はその一撃を叩き落として下がった。体力を消耗している。防御から攻撃に移らなければならないが、それができなかった。相手は手負いの獣のように、死を恐れずにかかってくる。体力が持たなければ、命を落としかねない。

伝次郎はそのことに戦慄《せんりつ》し、ここは一旦逃げるべきだと判断した。力を振り絞って、相手に撃ちかかっていった。左の男が下がった。正面から攻撃しようとしていた男の足が止まった。

(いまだ)

伝次郎は勢いよく一間ほど下がると、そのまま竹垣を乗り越えて、一方に見えた林に向かって駆けた。

第四章　あらわれた男

一

伝次郎は乱れた着物を尻からげしながら雪道を駆けたが、二人の男が追ってきた。畑の中に入ると、やわらかい土に足を取られたり、埋まったりしてさらに体力を消耗する。

伝次郎は逃げながら畦道《あぜみち》を探して走った。それでも、道からそれることがたびたびあった。

「待ちやがれッ！」

刀を振りかざし血相を変えて追ってくる男が、背後に迫っていた。足が畑の深みにはまり往生しているときに詰められたのだ。その男のすぐ後ろに、もうひとりいた。

伝次郎の目ざす林はもう目と鼻の先だった。櫟《くぬぎ》や小楢《こなら》や楓《かえで》の雑木林で、枝や葉に積もった雪が、ばさばさと音を立てて落ちている。

「くそッ」

伝次郎は立ち止まると、背後を振り返った。迫っていた男が、すぐに撃ち込んできた。相手も息があがっていたので、その動きは鈍い。

伝次郎は息を吐きながら、わずかに体をひねって袈裟懸けに刀を振った。刀は相手の肩口に深く食い込んでいた。

「うわッ」

悲鳴を発した男は、片膝をつくと同時に突きを送り込んできた。伝次郎は右にまわり込んで、男の背に一太刀浴びせた。男の獣じみた悲鳴が寒空に広がり、雪におおわれた地面に鮮血が飛び散った。

伝次郎は刀を持った手をだらりと下げて、仁王立ちになった。あとから追ってきた男が、五、六間先で立ち止まり、肩で息をしながら伝次郎をにらみ、屍《しかばね》となった仲間を見た。

「容赦しねえぜ」

伝次郎は威嚇《いかく》の言葉を発して立ち止まった男をにらんだ。男は喉仏を動かして生つばを呑み、ゆっくり下がると、いきなり逃げるように駆け戻っていった。

それを見送った伝次郎は大きく息を吸い、そして吐いた。それからゆっくり呼吸を整えながらまわりを見まわした。白い大地が広がっている。ところどころに百姓家が見えるが、逃げた勘兵衛と八州吉の姿はなかった。

伝次郎は新たな追っ手を嫌って、一旦雑木林の中に足を踏み入れた。鳥たちのさえずりや鳴き声が聞こえる。忍冬《すいかずら》を払いながら奥へ足を進める。樹幹越しに白くなった畑が見える。木漏れ日が足許の雪を融かしはじめていた。

「沢村さん」

それは八州吉の声だった。伝次郎は立ち止まってまわりを見た。

数本立っている櫟のそばに八州吉がいた。伝次郎は無事だったことに、ホッと安堵の吐息をついて、八州吉のそばに行った。

すると、勘兵衛が尻餅をつくようにして座っていた。

「どうした？」

「足を挫《くじ》いたようで、歩けなくなったんです」

勘兵衛は下膨れの顔を情けなく歪《ゆが》めて、痛めたらしい右足をさすった。

「やつらはどうしました？」

八州吉が聞く。

「あの家にまだいるかもしれねえが、どうしているかはわからぬ。もう追ってはこないと思うが、しばらく様子を見て向島を離れよう」

「やつら、何者なんです？」

「連中の中に知っている顔があった。お幸を攫った男たちがいたのだ。あやつらは蓮華党の松森という名を口にしている。そして、松森と呼ばれた男があの中にいた」

伝次郎はいいながら、彫りの深い松森の顔を思い浮かべた。

「すると、やつらが蓮華党……」

「そういうことだろう。勘兵衛、少しは歩けるか……」

伝次郎は座っている勘兵衛を見た。

「へえ、ゆっくりでしたらなんとか」

伝次郎はその林の中で、小半刻ほど様子を見ると、勘兵衛に肩を貸して曳舟《ひきふね》川まで下がった。雪を降らせていた雲は去り、あらわれた日は、まぶしい光を地上に投げ落としていた。

「ここまで来れば、心配いらないだろう。八州吉、勘兵衛を家まで送ってくれ」

「沢村さんは……」

「おれは舟を取りに戻る。それから広瀬さんに会いに行こうと思うが、どこにいるだろうか？」

「おそらく御用屋敷だと思います。そうでなきゃ、連絡《つなぎ》場に使っている松井町の番屋でしょう」

「それじゃ、まず松井町の番屋に行くことにしよう」

「じゃあ、あっしが待っています」

「うむ」

それから三人は曳舟川沿いの土手道を辿ったが、伝次郎はしばらく行ったところで、八州吉と勘兵衛と別れ墨堤方面に足を向けた。

積もった雪はゆっくり融けはじめていたが、日は大きく西にまわり込んでいる。もう日の暮れまでいくらもないだろう。伝次郎は野路を急いだが、ときどき周囲に警戒の目を走らせた。

歩きながら考えることがあった。蓮華党の素早い動きである。伝次郎たちは蓮華党が使っていた件《くだん》の屋敷で、四人の男たちと争ったが、逃げた男たちは仲間を呼びに行くといっていた。そして、二人の男が橋場之渡しを使って姿を消した。

伝次郎たちはそのことを確認すると、倉助という百姓の家で時間をつぶし、飯を食べた。それからまた件の屋敷に戻った。それに要した時間は一刻《いっとき》もなかったはずだ。

それなのに、蓮華党は仕返しにやってきた。それは伝次郎たちの推量を見越しての動きだと思われる。伝次郎たちは四人の男たちが、引っ越しの終わった家になぜ残っていたのか、そのことを疑問に思い、誰かがやって来るか、なにか運ばれてくる物を待っていると考えた。蓮華党はそのことを先読みして、伝次郎たちがあの屋敷にいると確信して乗り込んできたのだろう。

そうであれば、頭の回転の速い連中だと考えるべきだ。いや、頭が切れるのは、連中を取り仕切っている松森だろう。乗り込んできたときに指揮を取っていたあの男だ。

伝次郎は青い引廻合羽を着た松森の顔を思いだした。しかし、本来追わなければならない坂崎栄五郎は、あの中にはいなかった。たまたまいなかったのか？ 栄五郎は乱ぐい歯の吉蔵とつながっている。そして、吉蔵は蓮華党の中にいた。当然、栄五郎も蓮華党にいると考えていいはずだ。

墨堤まで来たとき、倉助の家にいる助次のことが気になった。必死で娘を探している男である。知らぬ顔をして放っておくのは気の毒である。

そう考えた伝次郎は、もう一度倉助の家にいる助次に会うことにした。そのまま墨堤を下りて、倉助の家に向かった。ときどき警戒の目を周囲に配ったが、行商人らしき男と、土地の百姓の姿を見るだけだった。

「沢村さん……」

戸を開けてくれたのは、女房のおせきだった。

「助次はまだいるかい？」

「へえ、みなさんの帰りを待っています」

伝次郎は邪魔をするといって家の中に入った。助次は火鉢の前で茶を飲んでいた。家の主の倉助が、裏口からやってきて、

「何かありましたか？」

と、伝次郎に聞いてきた。どうやら騒ぎには気づいていないようだ。

「助次の娘だが、やはりいなかった。それにあの家にいた連中が、どこに越したのかもわからない」

「ほんとうにお民はいなかったんで……」

座敷に座っていた助次が、泣きそうな顔を向けてきた。

「いたとしても行方はわからぬ。だが助次、あきらめることはない。もし、あの連中におまえの娘が攫われているのなら、必ず助ける」

伝次郎はその気になっていた。危うく殺されそうになったのだ。このまま泣き寝入りはできない。

「お、お願いいたします」

助次は額を畳に擦りつけて懇願した。

「見つけたらおまえの店に連れてゆく。店は乾物屋だったな」

「へえ、浜口屋《はまぐち》といいます。千住大橋をわたったすぐの橋戸町《はしどちょう》にあります」

「橋戸町の浜口屋だな。娘のことは心配だろうが、おまえは一度店に帰ったほうがいい。女房も心配しているんじゃないか」

「へえ」

二

その屋敷は橋場町の外れ、塩入《しおいり》土手の南端にあった。まわりは百姓地で閑静な場所だ。三年前に某旗本《はたもと》が手放した屋敷で、以来借り手も買い手もついていないと知った松森誠士郎《せいしろう》が目をつけて、手下の名を使って借りたのだった。

もっとも江戸の郊外で、面白みに欠ける場所なので長く留まるつもりはなく、一時しのぎの塒《ねぐら》でしかなかった。

「沢村伝次郎と名乗った浪人は、本所方の助をしているといったらしいが……」

奥座敷で酒を舐めるように飲んでいた誠士郎は、桑原平十郎《へいじゅうろう》を眺めて言葉を切った。

「吉蔵の調べでは船頭でした。それに、おれと会ったときも船頭の形《なり》をしていました」

「だが、今日の沢村はどこから見ても船頭には見えなかった。まさか、別人じゃないだろうな」

「そんなことはありません。おれの目に狂いはないし、吉蔵だってあの船頭だってすぐにわかったんですから」

「おまえはその船頭に、叩き伏せられたのではなかったか」

「いや、それは……」

平十郎は暑くもないのに、広い額に浮かんだ汗をぬぐった。

「ま、どっちでもいいことだ。それより本所方が動いているというのが気に入らぬ。沢村は本所方の息のかかった男だ。他に二人いたが、そやつらも本所方の手先だろう。つまり、本所方が動いているということだ。それがよくわからぬのだ」

「でしたら、龍三郎から話を聞いたほうが早いでしょう。蓮華寺裏の家にやつがいるときに、沢村がやってきたんですから……」

「うむ。おしま、龍三郎を呼んでこい」

そばに座って酌をしていたおしまという若い女が、小さくうなずいて座敷を出ていった。誠士郎はおしまを目の端で見送ると、火箸で火鉢の炭をいじった。パチパチッと炭がはじけ、小さな火の粉が散った。

「……おしまにもそろそろ飽きたな」

小さくつぶやくと、平十郎が「えッ」と怪訝そうな顔をした。

「なんでもない」

そう答える誠士郎は、今夜の伽《とぎ》はお民にさせようと思った。何度も体を開かせようとしているが、お民はあきらめの悪い女で、なかなか許そうとしないし、いざとなると子うさぎのように体をふるわせて赤ん坊みたいに泣く。その泣き方が尋常じゃないので、誠士郎の男の欲は急に萎《な》えてしまう。

気持ちをほぐすためにしばらく様子を見ているが、今夜あたり責めてみたい。なによりお民はいい体をしている。若いわりには肉置《ししお》きがよく、出るべきところにはたっぷり肉がついていて、形がよいのだ。肌のきめも申し分ない。

「お呼びですか」

山口龍三郎が座敷に入ってきた。あとからおしまがやってきて、障子を閉めると、そのまま誠士郎のそばに来て座った。

「今日のことだ。沢村伝次郎という浪人は、本所方の助をしているといったのだな」

「だから放っておけないと思って、松森さんに知らせに来たんです」

「おれは得体の知れない浪人に手下が殺されたと聞き、放っておけぬと思ったから飛びだしたんだ。あのときはバタバタしていて詳しい話を聞いていなかったが、沢村とどんなやり取りをした？」

誠士郎は龍三郎をじっと見る。龍三郎は目が悪いので、眉間《みけん》にしわを寄せてものを見る。いまもすがめた目を誠士郎に向けていた。

「どんなって……やつは蓮華党のことも松森さんの名前も、そして甲州屋のことも知っていました」

誠士郎は口に運びかけた盃を途中で止めて、片眉をぴくりと動かした。

「おれの名を……」

「蓮華党に松森という男がいるはずだと、そんなことをいうし、攫われた女がいるともいったんです」

「それじゃお民かおしまを探しに来たというのか……」

「そうじゃありません。やつは栄五郎さんを探しているんです。探しているうちに、蓮華党や甲州屋のことを知ったと、そのようなことをいってました」

「栄五郎を追っているのか」

「やつの目的は、栄五郎さんを捕まえることのようです。二度ばかり同じことを口にしましたからね。おしま、おれにも酒をもらえるか」

誠士郎は宙の一点を見据えたまましばらく考えた。それからすぐ、龍三郎に目を向けた。

「手下が殺されたと知らせに来たとき、なぜそれを先にいわなかった」

「なぜって、あのときはゆっくり話す暇がなかったでしょう。すぐ仕返しに行くんだってことになったんですから。まあ、松森さんと同じ舟に乗ってりゃ話していたでしょうが……」

「たわけッ」

誠士郎は持っていた盃を龍三郎に投げつけ、目の奥に炎のような光を宿した。

「きさまがちゃんと話さないから、おれは余計なことをしてしまった。結句、そういうことだ。それがどういうことだかわかるか」

「どういうことって……」

龍三郎は顔をこわばらせた。

「やつの目的が栄五郎を探していることだと教えてくれりゃ、おれは動かなかった。仲間が殺されたから仕返しに行っただけだ。そのせいでことが大きくなっている。おそらくそのはずだ」

「………」

「やつは本所方の助をしているといったんだな」

「さようです」

「おい、龍三郎。おれは甲州屋のことや、蓮華党のことが知られることなど屁《へ》とも思っちゃいない。いくら知られたところで、他人に害は与えていないんだ。町方だって、そのことを知ったって動くことはなかった。だが、今日のことで本所方を本気にさせた」

「そういわれましても、とっくに町方は動いているでしょう。血眼《ちまなこ》になって栄五郎さんを追いはじめてるんですから」

「なにッ、それはどういうことだ？」

誠士郎は身を乗りだすようにして、龍三郎をにらんだ。

「栄五郎さんですよ。町方を斬りつけ、菱沼哲之助という道場の師範代を斬っているんです。さっき、吉蔵からそんな話を聞きましたが、知らなかったんですか？」

「なんだと」

誠士郎は目を瞠《みは》った。まったく寝耳に水の話だった。

「吉蔵に聞けばわかることです」

「おしま、吉蔵を呼んでこい」

三

広瀬小一郎は連絡場に使っている自身番ではなく、本所尾上町《おのえちょう》の小料理屋にいた。伝次郎としても住まいと同じ町内の自身番よりは、そっちのほうがよかった。

「それで甲州屋は蓮華党にどうからんでいるんだ？」

大方の話を聞いた小一郎は、伝次郎を眺める。斬られた左腕には副木《そえぎ》があてられ、晒で吊っていた。腱《けん》が切れていたので、しばらく腕は使えないらしい。

「それがわからないんです。ひょっとすると蓮華党と甲州屋は同じなのかもしれません。とにかく連中の正体がわからないんです」

伝次郎は白身魚とクワイの煮物をつまんだ。その小鉢には椎茸《しいたけ》と、赤唐辛子も入っていて味がよかった。

「それにしても、向島でそんな動きがあったとはまったく気づかなかった」

小一郎は盃に口をつけて、独り言のようにつぶやく。

「しばらく向こうの見廻りはしていませんでしたからね」

八州吉が神妙な顔でいう。

「勘兵衛も気づいていなかったのだな」

「そうみたいです。倉助という百姓から聞いた話だと、連中は騒ぎも起こしていなければ、近所の人間にもちょっかいは出していないようです」

「へたに騒ぎを起こせば、墓穴を掘ることになるからだろう。知恵のはたらく悪党は用心深いもんだ。しかし、伝次郎……」

「はい」

「その蓮華党かなにか知らねえが、坂崎栄五郎はそいつらの仲間なんだな」

「そうでなければおかしいです」

小一郎は「ふむ」とうなって、しばらく宙の一点を見据えた。

「頭《かしら》はおそらく松森という男です。おれひとりの調べでは限りがあります。蓮華党と甲州屋という米問屋のことを調べてもらえませんか。勘兵衛は足を痛めて動けないんで、人手が足りないかもしれませんが……」

「人手なら心配いらねえ。八州吉、善太郎にこのことを話して動いてもらえ。やつの手先には鼻の利くやつがいる」

善太郎というのは勘兵衛と同じ本所道役だった。小一郎の手先のひとりだ。

「わかりました。それじゃ早速にも……」

「待て」

伝次郎は腰を上げかけた八州吉を止めた。

「蓮華党を探すのは急がれるが、おれが舟を留めていた舟着場をやつらは使っていない。使ったのは橋場之渡しだ。それに、伊蔵という男が逃げて、仲間を連れてくるまでに一刻とたっていない。そのことを考えれば、やつらは橋場のあたりにいるはずだ。おれはそっちを探る。おまえは向島のあの家をもう一度調べてくれ。蓮華党は越しているが、あそこには四人の男たちが残っていた。なんのためにあそこにいたのか、それが気になる」

「ひとりで橋場を探るんですか？」

八州吉が真顔で聞く。

「いや、昔の手先を動かす」

「ひょっとして、音松《おとまつ》か……」

小一郎が聞いてきた。

顎を引いてうなずいた伝次郎が、その小料理屋を出たのはすぐだった。

昼間の雲はすっかり払われ、満天の星が六間堀に映り込んでいた。舟提灯をつけた伝次郎は、猪牙をゆっくり操っていた。

小一郎の相談を受けたばかりに、厄介な事件にのめり込んでいる。坂崎栄五郎を捕縛するのが目的だが、蓮華党に攫われているらしい乾物屋・浜口屋助次の娘を救い出さなければならないという使命感もあった。知らぬふりはできないし、助次に助けてやるといった手前もある。

猿子橋の近くまで来た伝次郎は、河岸道沿いの町に目を注いだ。その日積もった雪が、屋根や庇《ひさし》に残っている。河岸道もまだ白いままだ。

（千草……）

胸のうちでつぶやく伝次郎は、しばらくは千草に会わないほうがいいと思った。ほんとうはいまからでも会いに行きたい、千草の笑顔を見たいという思いがあるが、その気持ちを抑え込んだ。千草は勘のいい女である。会えば、心配をかけることになる。

伝次郎はくっと唇を引き結び、猪牙を下らせた。小名木川から暗い大川に出て、深川佐賀町に架かる中之橋《なかのはし》のそばに舟をつないで、音松の店を訪ねた。

「これは旦那……」

戸口に出てきたのは、女房のお万《まん》だった。無理な頼みを音松にしなければならないので気が引けるが、他に頼りになる男はいない。

「うちのですね」

お万は顔を曇らせて、家の奥に声をかけた。すぐに音松が姿を見せ、そばにやってきた。お万は茶を淹れるのであがってくれといったが、伝次郎は遠慮して、音松を表に連れだした。

「なにかありましたか？」

　音松はまるい顔を向けてくる。

「ある男を捕まえなければならない」

「そいつァ何者です？」

「本所方の広瀬さんが捕まえた男だ。坂崎栄五郎という。遠島刑を受け、八丈に送られるはずだったが、浦賀番所で仲間に助けられそのまま逃げている。行方がわからなかったが、江戸に戻っている」

「それじゃ広瀬の旦那と組んでいるんですね」

「組んではいるが、広瀬さんは栄五郎に斬りつけられ怪我をした」

「広瀬の旦那がですか……」

　音松は目をまるくして驚いた。

「坂崎栄五郎は小石川の道場の、菱沼哲之助という師範代に一度負けている。その意趣《いしゅ》返しをするために菱沼さんを襲ったのだ。そのとき広瀬さんが止めに入ったが、二人とも斬りつけられてしまった。死に至る怪我をしなかったのは幸いだが、油断ならぬ男だ」

「そりゃあ手強《てごわ》い相手じゃないですか」

「そこに入ろう」

伝次郎は目についた居酒屋の暖簾をくぐり、入れ込みの隅で音松と向かいあった。酒と簡単な肴《さかな》を注文すると、伝次郎はその日あったことを話した。

「蓮華党に坂崎栄五郎がいるってことですか……」

「いるはずだ。だが、今日おれたちを襲いに来た連中の中にはいなかった。これが、坂崎栄五郎だ」

伝次郎は人相書を音松にわたした。

「……若い女を攫い、米の買い占めをして……それにしてもお幸が攫われたというのは……」

音松は人相書をためつすがめつ眺めてつぶやく。

「向島のほうは広瀬さんの手先にまかせたが、おれは橋場を探る。おまえにも手伝ってもらいたいが、できるか？　遠慮はいらねえ、気が乗らなかったら断っていい。こういったことは、おまえの女房にも悪いと思っているんだ」

「旦那、水臭いですよ。あっしはいつでも一緒に動きますぜ。女房のことなんか気にしないでくだせえ」

音松は肉づきのよい顔に笑みを浮かべた。

四

音松は翌朝早く、伝次郎の家を訪ねてきた。時の鐘が六つ（午前六時）を知らせたあとで、まだ表はうす暗かった。

「茶を飲んだら行こう」

伝次郎は火鉢にかけている鉄瓶を取り、音松に茶を淹れてやった。

「旦那、そいつらは江戸の人間ではないんじゃ……。あ、すいません」

「なぜ、そう思う」

伝次郎は音松に茶をわたして聞く。

「諸国は不作だといいます。いえ、うちに油を卸《おろ》す問屋の人間がそんなことをしきりに話すんです。洪水に旱魃《かんばつ》に大風などで、在の百姓らは苦しんでいるらしいです。

田畑を捨てて逃散《ちょうさん》する百姓は少なくないといいます。土地を捨てた人間は仕事を探しに、繁華な町に行くのが相場です。江戸にはそんなやつらが増えています。出稼ぎ人ならなんとなく見分けがつきますが、そうじゃない人間が目につきます」

「同じような話はおれも聞く」

「そうでしょう。だから蓮華党もそんな人間の集まりじゃないかと……あっしの勝手な推量ですが……」

「考えられることだ。貧《ひん》して切羽詰まった人間の多くは、邪《よこしま》なことを考え、道から外れたことを平気でやってのける。江戸にはそんな不心得なやつが流れ込んでいるんだろう」

「辻斬りや辻強盗も増えているらしいですからね」

「物騒な世の中になりやがった。さ、行くか」

伝次郎は差料を引き寄せて立ち上がった。

町にはようやく日が射しはじめていた。垣根の下や、日あたりの悪い場所にはまだ雪が残っていた。自宅長屋を出た伝次郎が、山城橋の舟着場には行かず、二ツ目之橋に足を向けたので、音松が不思議そうな顔をした。

「旦那、なぜこっちに……」

「舟はこっちだ。連中はおれが船頭で、どこに自分の舟を置いているか知っている。悪さをされてはかなわねえからな」

「なぜ、知られたんです？」

「お幸が攫われたことは話しただろう。やつらはおれに仕返しをしようと思って、お幸の家に乗り込んだんだ。そのときにお幸の親がしゃべっちまったんだ」

「そんなことがあったとは……」

音松は呆《あき》れたように首を振った。

伝次郎は二ツ目之橋の手前にある松井町河岸の外れに、舟を舫っていた。小袖の裾を尻からげし、河岸半纏を羽織った形《なり》は、一見船頭だが、股引と腹掛けはしていなかった。

竪川から大川に出ると、川面を照らす日の光がまぶしいほどだった。風は肌を刺すように冷たいが、大気が透き通っているのか、富士山がはっきり見えた。

伝次郎は櫓を漕ぎながら、音松に昨日のことを詳しく話してやった。蓮華寺裏の家にいた四人の男のこと、そしてその仲間が仕返しにやってきたこと、攫われた娘を探している浜口屋助次などのことだ。

「相手は十人はゆうにいるってことですか……」

「やくざもんじゃないのはたしかだが、荒くれ揃いで油断できない連中だ。その辺に留めよう」

伝次郎は橋場町の家並みが見えると、舟を岸に寄せた。

「どこから聞き込みをやります？」

音松が舟を降りてから聞いた。

「まずは相馬屋という米問屋に行く」

「買い占めにあった店ですね」

通りに積もった雪が融けはじめていて、道は泥濘《ぬかる》んでいた。大八車の轍《わだち》があれば、馬の蹄《ひづめ》の跡も見られた。

相馬屋はすでに店を開けていた。伝次郎が訪ねると、帳場に座っていた藤七《とうしち》という主がすぐに気づき、

「今日はまたお早いですが、何かわかりましたか？」

と、聞いてきた。

「まあ、わかったようなわかっていないような。それより甲州屋との取り引きだが、話は誰としていたんだ？」

「又衛門《またえもん》さんとおっしゃる甲州屋の番頭です。支払いも又衛門さんがやってくれました」

「……又衛門。松森という男ではなかったのか……」

「いいえ、そんな名は聞いたことがありません」

藤七は目をしばたたく。

「又衛門は人足を連れてきていたはずだが、その男たちをこの界隈で見かけることはないか？」

「さあ、この辺じゃ見かけませんね」

「まったく……」

「へえ」

連中はこの近所に姿を見せていないのか。そう考えるしかない。すると、橋場之渡しからどこへ行ったのだろうか？　その足取りをつかむためには、どうしたらいいか。

伝次郎は相馬屋の表に出て、往還を眺めた。あの蓮華寺裏の家から川をわたり、そしてまた戻ってくるのに約一刻。蓮華党の引っ越し先は、そんなに遠くではないはずだ。

「どうします?」

考えごとをしている伝次郎に、音松が話しかけてくる。

「うむ、蓮華寺裏にいた家から逃げた男は、仲間を呼びに行ったが、そのとき橋場之渡しを使っている。そして、仲間を連れて再びあの家に戻ってきた。当然舟を使ったはずだ。おれはひと騒動のあとで、自分の舟を置いた場所を見に行った。だが、あの舟着場が使われた様子はなかった。となれば、橋場之渡しを使ったのだろう」

「それじゃ見に行きますか」

「そうだな」

二人は舟に戻ると、隅田川を遡上《そじょう》し、橋場之渡しと同じ経路で対岸の舟着場を目ざした。

伝次郎の勘はあたった。対岸の舟着場近くには無数の足跡が残っていた。

「やつらはここで舟を降り、そしてまたここから舟に乗って向こうに戻ったのだ」

伝次郎は桟橋に立って対岸を眺めた。目を瞠ったのはすぐだ。対岸には船番所があり、御上がり場がある。

「この渡しには舟守《ふなもり》がいたはずだな」

「たしか、二人いたはずです」

「音松、その舟守がなにか知っているかもしれねえ」

五

「昨日、雪が降りやんだあと……」

伝次郎に昨日のことを聞かれた渡船場の舟守は、少し目を泳がしてからすぐに答えた。

「それじゃあの人たちでしょう。見ましたよ。みんなおっかない顔をして、それゆけって勢いで舟を出して川をわたっていきました。十二、三人はいましたね」

「使ったのは自分たちの舟だったのだな」

「そうでしょう」

「ここにあるか？」

伝次郎と音松は舟着場を眺める。渡し舟と数艘の茶舟がつながれていた。

「ここじゃありません。思川《おもいがわ》の先です」

舟守は北のほうを指さした。すぐ先に思川の河口があり、近くに舟着場がある。

伝次郎は使ったことはないが、職業柄知っていた。

早速そこへ行くと、枯れた葭《よし》藪の中に突っ込むように舫ってある二艘の舟があった。一艘は荷舟だった。茶舟ともいって、公称は十石積みであるが、二、三十石は積むことができる。伝次郎が何度か見かけた荷舟と同じかもしれない。

もう一艘は、土舟だった。土で造ってあるわけではない。本来は土を運搬するからそう呼ばれるようになっただけで、猪牙舟よりひとまわり大きい。

「この近くにやつらの引っ越し先があるのかもしれん」

伝次郎は地面に視線を向けた。雪解けの道に足跡は見られるが、それを辿ることはできなかった。

「ここから北は百姓地ですよ。大名家の屋敷とお宮はありますが……」

音松がいう。

まさか蓮華党が大名家の屋敷に越したとは思えない。かといって神社も考えにくい。

「蓮華寺そばの家と同じように、百姓の家かもしれねえ」

「まわってみますか……」

「そうだな」

伝次郎と音松は、姫路《ひめじ》藩・酒井雅楽頭《さかいうたのかみ》の下屋敷方面へ向かった。


その頃、八州吉は本所道役の善太郎と、森蔵《もりぞう》を連れて向島の村々を見廻っていた。森蔵は南本所元町の岡っ引きで、尾上町と両国東広小路界隈を縄張りにしていた。

八州吉と善太郎だけでは心許《こころもと》ないと思ったらしく、小一郎が森蔵を指名して助を命じたのだった。

「連中を見たやつァ、結構いるな」

森蔵が先を歩く八州吉に声をかける。

「そうだな。知らねえものはいねえぐらいだ」

八州吉は馬面でひょろっと背の高い森蔵を振り返って応じた。

「女が二人、侍が三、四人、そして人足や職人に見える野郎が十人ぐらい。これまで聞いた話ではそうだが、もっといるのかもしれねえ」

「商家の番頭風情もいたという話だ」

善太郎だった。三人の中では一番の年嵩《としかさ》で、髪に霜を散らしている。その善太郎が話をつづける。

「だけど、悪さをやっているようではないし、村のものと関わってもいない。話を聞いていると、むしろ関わりを避けていたようだ」

「沢村さんも同じことをいっていた。このあたりは町屋のない静かなところだ。へたに騒ぎを起こせば目立つことになる。悪さをして稼いでいるなら、おとなしくしているほうが利口だからな」

八州吉はそういったあとで少し休もうといった。

三人は木母寺《もくぼじ》そばの茶屋で茶を飲んだ。墨堤の道の雪はほとんど融けていて、日あたりの悪い場所だけ、白い斑《まだら》のようになっている。朝より気温が上がったらしく、村の見廻りをする三人は少し汗ばんでいた。

「八州吉さん、このあとはどうするんだい？　村の見廻りは大方すんだし、やることはねえだろう」

森蔵が顎をさすりながら聞く。

「そうだな。連中は引っ越しちまっているし、これ以上聞きまわっても何もわかりゃしねえだろう。このまま戻るか」

八州吉がそういうと、善太郎が口を挟んできた。

「その蓮華党のいた家にもう一度行ってみようじゃないか。仲間が引っ越したのに、四人残っていたんだろう。沢村さんも、その四人がなんのために残っていたのかわからないと、訝《いぶか》しんでいるんだ。様子だけでも見ていったらどうだ？　昨日気づかなかったことがわかるかもしれない」

「さすが、善太郎さんだ。伊達《だて》に年は食っちゃいねえな」

「親分、茶化すんじゃないよ」

善太郎は苦笑を浮かべて森蔵を見た。

そばにいる八州吉も、善太郎のいうことに納得した。たしかに疑問に思っていることなのだ。もし、蓮華党の仲間がいても、森蔵がついているので多少は心強い。

「それじゃあの家に寄ってから戻ろう」

三人は茶を飲みほすと、蓮華寺裏にある例の屋敷に足を向けた。泥濘《ぬかる》んでいた野路が少しずつ乾きつつある。からっと晴れた空には、冬の雲が寒そうに浮かんでいる。

蓮華党が根城《ねじろ》にしていた屋敷は、昨日の乱闘騒ぎの痕跡を残していた。庭は人の足跡で荒れているし、雨戸は倒れたり、障子が破れたりしている。畳にも障子や壁にも血痕が見られた。

「沢村さんがひとりで相手したのか……」

善太郎が半ば呆れながら感心していう。八州吉は逃げて隠れていただけなので、なにもいえない。

「連中はなにも残していねえな」

奥の間をあらためていた森蔵が戻ってきて、八州吉と善太郎を見た。

「手掛かりはなしか……」

善太郎がやれやれとため息をつく。そのとき八州吉は、庭に入ってきた男に気づいた。小紋柄の小袖に、洒落《しゃれ》た銀鼠《ぎんねず》色の羽織を着た中年だ。商家の番頭ふうに見える。

（もしや……）

八州吉はキラッと目を光らせた。昨日の四人はこの男を待っていたのかもしれない。だとしたら捕まえて話を聞くべきだ。

「おまえさんら誰だい？」

先に男が声をかけてきた。

「空き家らしいんで見に来てるんですよ」

八州吉はとっさに機転を利かせて答えると、男のそばに行った。善太郎と森蔵も八州吉のあとについてくる。八州吉は戸口前で男と向かいあったが、男の目に警戒心が走った。

「誰に断って見に来たんだね」

「蓮華党の松森さんだよ」

八州吉の言葉に、男の片眉が驚いたように動いた。短く思案げな顔をすると、

「……仲間かね」

と、つぶやくような声を漏らした。その刹那《せつな》、八州吉は男の手をつかむために動

いたが、さっと身を引いて躱された。

「なにするんだい！」

男の目が厳しくなった。

「ちょいとあんたに聞きたいことがある。ついてきてくれねえか」

男はゆっくり下がったと思ったら、さっと身を翻して逃げた。

「親分、逃がすんじゃない。捕まえるんだ」

八州吉は男を追いながら森蔵に声をかけた。

六

松森誠士郎は苛《いら》ついていた。だが、極力表に出さないように努力はしている。その苛立ちを紛らわせるために、桑原平十郎と山口龍三郎をそばに呼んで、さっきから世間話をしながら暇をつぶしていた。

塩入土手の南端にある例の屋敷である。その奥座敷は少し手を加えただけで、なかなか居心地のよい部屋になっていた。もとは旗本が使っていた屋敷なので、使われている材木も建て付けもよかった。庭は荒れ放題だが、気にすることはない。

「それで、いつまでここにいるんです？」

聞くのは平十郎である。長くはいないといったでしょう、と言葉を足す。

「又衛門《またえもん》が戻ってきてから決めることだ。焦ることはない」

「又衛門はこの屋敷を知らないでしょう」

「だから龍三郎たちをあの家に残していたんだ」

誠士郎は龍三郎を見る。

「これからもう一度行きますか……」

「だめだ。もう少し様子を見る。昨日の今日だ。沢村という男は、町方の手先だった。今日も張っているかもしれぬ。そんなところにのこのこ出ていったら、どうなるかわからぬだろう」

「手下に様子を見に行かせたらどうです」

平十郎だった。誠士郎は短く嘆息して、平十郎を見た。侍の恰好をしているが、見かけ倒しだった。もともとは相模《さがみ》の郷士《ごうし》で、誠士郎が通っていた俎橋《まないたばし》の練兵館《れんぺいかん》に入門してきたが、不行状が目にあまり、すぐに破門された男だった。

誠士郎が練兵館を去ったのはそのあとだが、偶然再会して以来ついてきている。自分に従順なら文句はないので、都合よく使っているのだった。

「何度も同じことをいわせるな。昨日の今日だろう。相手は町方の手先だ。やつらは必ず見張りをつけている。様子を見にいって捕まりでもしたらどうなる？　昨日、あんな騒ぎを起こしたんだ」

「ま、そうでした」

平十郎はうつむいて湯呑みをつかんだ。さっきから表で目白のさえずりがしていた。庭にある椿の蜜を吸いに来ているのだ。

「龍三郎、栄五郎が来たら、おまえは手下を連れて沢村という男を探すんだ。町方の手先仕事をしていないときは、船頭をやっているようだから、すぐに見つけられるはずだ」

「やつは六間堀の山城橋のそばに舟を置いている。家もその近所のはずだ」

平十郎だった。

「見つけたらどうします？」

龍三郎が見てくる。

「おまえの敵《かな》う相手ではない。昨日やつの動きを見て、かなりの手練れだというのがわかった。あれは相当できる」

「それじゃどうすれば……」

「やつの家を見つけるんだ。家じゃなくてもいい。好んで行く店や場所があるはずだ。それを調べろ」

「それだけでいいんで……」

「ああ」

誠士郎は鉄瓶から出ている湯気を見て、火鉢の中の炭を整えながら言葉をついだ。

「龍三郎、おまえはなんで出奔《しゅっぽん》した？　剣術の修行をしたかったといったが、そうじゃないだろう」

「……正直にいえば食うに食えなくなったからです。国は小さくて貧しすぎます。このままじゃ浮かばれないと思い出奔を決意したんです」

藩籍を捨てて浪人になることを脱藩というが、下級武士の場合は出奔といった。それ以下の足軽になれば欠落《かけおち》という。

「まあ、そんなところだと思った。かくいうおれも同じようなものだ。おれのところに来るやつはみな似たり寄ったりだ。だから、おれは楽をさせてやりたい。これからの世の中剣術だけで暮らしは立たない。そのことはおまえたちもわかっているはずだ」

平十郎と龍三郎は納得したようにうなずく。

雲に隠れていた日が出たらしく、障子がぱあっとあかるくなった。

「人の幸、不幸というのは、金があるかないかで決まる。金がないから、苦労して貧乏に耐えなければならぬ。恵まれないものは、いつまでたっても恵まれないままで死んでいく。それが世の定めだ。悲しすぎる。おれはそのことに気づいたから、剣の道を捨てたのだ。腕をあげることで人並みの暮らしができると思っていたが、そうはいかない。剣術で世わたりはできぬ。そうだな」

平十郎と龍三郎は殊勝な顔で耳を傾けている。

「人生の幸せは、いかに気持ちよく遊び暮らせるかだ。あくせくすることはない。金さえあれば、女遊びもできれば、うまいものも食える。そこそこの贅沢をしたければ、金を稼ぐしかない。だから商人はえらい。やつらは金儲けしか考えていない。おれはそれでいいと思う。武士だ旗本だと威張っても高《たか》が知れている。地位や名誉などくそ食らえだ。己の欲を満たせれば、それで幸せだ。おれはそういう生き方を選んだ。だから、おまえたちもついてきているはずだ。そうだな」

「まったくおっしゃるとおりで……」

平十郎が畏まっていう。龍三郎も納得顔でうなずく。

「手下たちも同じ考えだ。あぶれものばかりだが、誰でも楽をしたいと思っている。だからおれのいうこと、やることに文句をいわぬ。黙ってついてくれば、等分に楽をさせてやるさ」

「そう考えると、坂崎さんは変わりもんですね」

平十郎だった。

「そうさ、栄五郎は変わりもんだ。だが、あいつみたいに強いやつも、おれのそばには必要だ。おれの腕は鈍っているが、あいつはちがう。あいつは強くなることに、己の幸せを見出しているだけだ。愚かなことだが、当人がそれで満足するんだったら、余計なことはいわなくていい」

「それにしても坂崎さんは、まだ見つからないんですかね」

龍三郎の言葉で、誠士郎は我に返った。栄五郎から話を聞かなければならない。

もし、吉蔵のいったことがほんとうなら、しくじりのはじまりだ。生き残るためには、栄五郎との縁を切るか、江戸を離れてもらうしかない。

「もう何刻だ」

誠士郎は障子を開けて表を見た。冷たい風が頬に気持ちよかった。

「そろそろ九つになる頃でしょう」

龍三郎が答えたとき、廊下に足音がしておしまが座敷に入ってきた。

「吉蔵さんが、坂崎栄五郎さんを連れてきました」

誠士郎はさっとおしまを振り返った。

「すぐここに呼べ」

七

伝次郎と音松は橋場町の北方の村々を歩き、蓮華党の松森、それから手下の伊蔵や吉蔵の名を口にし、さらには坂崎栄五郎の人相書などを使って聞き込みを行ったが、手応えのある返事はもらえなかった。

さらに塩入土手から総泉寺《そうせんじ》西の、千束堤《せんぞく》へ足をのばしてみた。総泉寺は青松寺《せいしょうじ》、泉岳寺《せんがくじ》とともに曹洞宗《そうとうしゅう》江戸三ヵ寺のひとつである。広大な境内は、橋場町の町屋に匹敵するほどだ。

「なかなか見つかりませんね」

千束堤を歩きながら音松が、少々くたびれた顔を向けてきた。

「どこかで見落としているのかもしれねえ。もしくはもっと離れたところか……」

伝次郎は西にまわり込んでいる日を、まぶしげに眺めて答えた。それから北の方角に目をやり、空に立ち昇る一条《ひとすじ》の煙を見た。

「あれは橋場の煙か……」

音松もその煙を見て、そうかもしれないという。火葬場の煙である。そのことから、橋場の煙を火葬の煙にたとえることがある。

「総泉寺をひとまわりしたら、今日は引きあげよう。八州吉たちの調べも気になるし、広瀬さんもなにかつかんでいるかもしれん」

「何かわかってりゃいいですね」

音松は額に浮かんだ汗をぬぐって歩く。

総泉寺の南をまわり、橋場町の通りに出た。それから先への聞き込みを音松にまかせ、伝次郎は往来を行き交う人々に注意の目を向けた。

蓮華党一味の何人かの顔を覚えている。もし、見つけたら捕まえるつもりだ。だが、銭座から油絞り所を過ぎても、知った顔に会うことはなかった。

伝次郎は昨日のことを考えた。伊蔵という男が仲間を呼びに行って、あの家に戻ってくるまで一刻とたっていなかった。

川を行き来するのに小半刻、蓮華党の引っ越し先に行って支度を調《ととの》えるのに小半刻。それなら半刻ほどですむが、もう少し時間はかかっている。それは仲間を集めるために要した時間かもしれない。と考えれば、蓮華党の松森は手下を分散して近くに住まわせているのか……。そう考えることもできる。

船番所を過ぎたところで、音松がやってきた。

「だめですね。連中らしき男を見たというものはいません。どうします」

「今日はあきらめよう」

伝次郎は橋場之渡しに置いていた舟に戻り、そのまま隅田川を下った。いつしか日射しが弱くなっていた。そのせいか川風が冷たくなっている。太棹を操る手が痺れそうになる。伝次郎は冷たくなる手に、何度も息を吹きかけた。

すれちがう舟の船頭たちも、いつもより厚着をして、襟巻きや手拭いを首に巻いていた。袷だけでなく褞袍を着込んでいるものもいた。

竪川に入ると、竹河岸に舟をつけて、音松を松井町一丁目の自身番に走らせた。八州吉との連絡場である。ところが音松はすぐに戻って来た。

「旦那、みんなは横網町《よこあみちょう》の番屋にいるそうです」

「横網町……」

南本所横網町の略で、回向院《えこういん》の北側にある町屋だった。伝次郎は舟を降りると、音松を伴って横網町の自身番に足を急がせた。

回向院門前を過ぎたときに、西の空がきれいな茜色に染まった。人の影もそれだけ長くなっていて、日あたりの悪い商家がうら寂れたように見えた。

「沢村さん、わかりましたよ」

自身番に入るなり、待っていた八州吉が上がり框から腰をあげた。

「なにがわかった？」

「蓮華党の松森のことです。松森は坂崎栄五郎と兄弟だったんです。名前がちがうのは、父親がちがっているからです。松森の名は誠士郎というそうで、練兵館で修行していた男だったそうです」

「よくわかったな」

「広瀬の旦那が、松森という名をどこかで聞いた覚えがあるといって、昔の口書《くちがき》を調べて思いだしたんです。それで練兵館に人を走らせてあらためると、まちがいないということがわかったんです」

「すると松森誠士郎は、練兵館の門弟なのか……」

「昔の話です。いまはどこで何をやっているかわからないらしいですが、ひょっとすると浦賀番所で栄五郎を助けたのは松森かもしれないと、広瀬の旦那は考えています。それから連中の仲間らしい男を捕まえました」

「ほんとうか」

「へえ、ところがだんまりを決め込んで、なんにもしゃべらねえんです。見た目はそうでもないんですが、しぶとい野郎です」

「どこで捕まえた？」

「例の蓮華寺裏の家です。あっしらがあらために行ったときに、のこのこやってきましてね。それで話をして、ああこいつは連中の仲間だとぴんと来たんで、そのまま引っ立てたんです」

八州吉は得意そうに話す。

「そいつはどこだ？」

自身番には八州吉の他には、詰めている番人と町役しかいなかった。

「御用屋敷に旦那が連れて行きました」

おそらく小一郎は、拷問をかけて口を割らせるつもりなのだろう。

「それじゃおれたちも行こう」

伝次郎はそのまま本所亀沢町御用屋敷に向かった。本所方は八丁堀の自宅への行き帰りに時間がかかる。そのために、御用屋敷に寝泊まりをし、庶務雑用をこなしていた。だが、そこには罪人を一時保留する牢があり、ときに取り調べのための拷問も行っていた。

御用屋敷の門を入り、玄関脇の詰所をのぞくと、そこにいた善太郎と岡っ引きの森蔵が腰をあげた。

「広瀬さんは……」

「奥で取り調べをやっています。野郎はてめえのことを又衛門と名乗るだけで、他のことは何もしゃべりませんで……」

伝次郎に善太郎が答えた。

「蓮華党の松森と坂崎栄五郎は兄弟だったらしいな」

「そのようです。旦那は栄五郎を捕まえなきゃなりませんが、松森も捕まえると意気込んでいます」

「沢村の旦那、久しぶりです」

挨拶をしてきたのは岡っ引きの森蔵だった。両国東ではちょっと名の知れた親分だ。伝次郎とは昔からの顔見知りである。

「伝次郎、わかったぜ」

土間奥から声をかけてきたのは小一郎だった。片腕を吊ったまま、自由な右手に鞭《むち》を持っていた。

「蓮華党のことがあらかたわかった」

「口を割ったんですね」

八州吉が目を光らせた。

「これから口書を取る」

小一郎がそういったとき、後ろ手に腰縄をつけられた男が、小者に連れてこられた。それが又衛門だった。

第五章　地蔵堂

一

又衛門はまともに歩けなかった。二人の小者に抱きかかえられるようにして取り調べに使われる座敷にあげられたが、そこで腰が砕けて両手をつき、やっと座りなおすというていたらくである。

目が細く両眉の垂れた気の弱そうな顔が、受けた拷問のせいでますます気弱になっている。小紋柄の小袖は乱れ、袖からのぞく腕には鞭で打たれた蚯蚓《みみず》腫れが走っていた。おそらく胸や背にも、同じような鞭痕《あと》があるはずだ。

「又衛門、町方を舐めるんじゃねえぜ」

小一郎はそういって、又衛門の銀鼠色の羽織を放ると、そばに伝次郎を呼んだ。

「こいつァ、蓮華党の頭をやっている松森誠士郎って野郎の番頭だ。そして、蓮華党は甲州屋を名乗っている。松森が甲州の出だから、そんな店の名を使っているが、どこにもありゃしねえでっちあげの店だ。蓮華党という名は、蓮華寺のそばを根城にしたので適当につけたらしい」

「それでこの男はどんな役割をしてるんです？」

「仲買だ。武州《ぶしゅう》界隈をまわり米の買い付けをやっての帰りらしい。蓮華党の引っ越し先は知らないという」

「すると、あの家に残っていた四人はこやつを待っていたのかもしれません」

「大方そういうことだろう」

「それで坂崎栄五郎のことは……」

「蓮華党にいる。浦賀番所で栄五郎を助けたのも、松森誠士郎たちだというのがわかった」

「松森と栄五郎は兄弟だと……」

「そうだ、おれは松森という名をどこかで聞いた覚えがあった。それで、調べてみると昔の口書に栄五郎の兄として名前が載っていた。父親ちがいの兄弟だし、行方もわからなかったので気にしなかったが、それはおれの手落ちだった。ま、詳しいことはこの野郎からもう一度聞かなきゃならねえ。それで、おまえさんにはなんとしてでも栄五郎を捕まえてもらいたいが、松森も押さえてほしい」

「承知しました」

「いらぬ手間だろうが、今度ばかりはおまえに借りを作らせてくれ。すまねえが頼む」

小一郎は痛めている腕をさすって、頭を下げた。

「ここまで関わっているんです。いまさらあとには引けませんからね」

伝次郎は唇の端に小さな笑みを浮かべると、今夜は引きあげるといった。

「いいだろう。明日の朝には大方わかっているはずだ」

「では……」

伝次郎は音松を連れて御用屋敷を出たところで、思いなおしたように立ち止まって振り返った。

「どうしました？」

「明日のことを話しあっておきたい。八州吉と森蔵を呼んできてくれないか」

「承知しやした」

音松はすぐに引き返して、八州吉と森蔵を連れて戻って来た。善太郎を呼ばなかったのは、小一郎の取り調べの手伝いをさせるためだが、年齢的にもこれからの探索には無理があると思ったからだった。

四人は御用屋敷に近い亀沢町の飯屋に入って、まずは腹ごしらえをした。それからひとり一本の銚子を注文して本題に入った。

「向島の調べはもういいだろう。蓮華党の引っ越し先は、橋場界隈だと思われる。今日は探しきれなかったが、明日はこの四人で虱《しらみ》潰しにあたってゆく」

伝次郎はゆっくり仲間を眺めてつづけた。

「森蔵、おまえは八州吉と組め。八州吉は蓮華党の何人かの手下と松森の顔を知っている。そうだな」

「へえ、覚えている顔はいくつかあります。それに栄五郎の人相書も……」

八州吉は自分の胸を軽くたたいた。

「おれは音松と探索にあたるが、もし松森や栄五郎を見かけても決して手を出すな。

松森は練兵館で修行した男だ。いかほどの技量があるかわからないが油断しないほうがいい。栄五郎然《しか》りだ。やつは広瀬さんを斬った男だ、ただ者じゃない。森蔵」

「へえ」

呼ばれた森蔵の黒い馬面が神妙になった。

「おまえの腕っ節は知っているが、短気を起こすんじゃないぜ。相手は手練れだ。そのことを肝に銘じておけ」

「その二人以外の手下はどうします？」

八州吉だった。

「同じだ。尾《つ》けて居場所を突き止めてくれ」

「邪魔が入らないようだったら、引っ捕らえてもいいんじゃゃ……」

森蔵がいう。伝次郎は短く考えて盃をほした。

「その辺はおまえたちにまかせる。それで連絡場だが、橋場町の米問屋・相馬屋の隣に汁粉《しるこ》屋がある。そこにする。話は明日おれがつける。おそらく断られはしないはずだ」

「なぜ、そこを……」

森蔵だった。

「蓮華党は米相場を動かしている節があるし、これまで相馬屋と取り引きをしていた。また相馬屋を使うかもしれねえ。隣の店だったら、その動きを見張ることができる」

「なるほど……」

「さっき聞き忘れたが、蓮華党の人数はわかっているか？」

伝次郎は八州吉と森蔵を交互に見た。答えたのは森蔵だった。

「又衛門の話だと、十四、五人ということでした」

その話を信じれば、四、五人は伝次郎に斬られたり、負傷したりしているから、おそらく動けるのは十人前後だろう。

「明日の朝、六つ過ぎに二ツ目之橋で待っている。八州吉、悪いが広瀬さんのその後の調べでわかったことがあったら、そのときに教えてくれるか」

「わかりました」

「よし、気を引き締めて明日から動いてもらう。酒はこの辺でやめておこう」

伝次郎は盃を伏せた。

店の表で八州吉と森蔵と別れた伝次郎は、音松といっしょに二ツ目之橋をわたった。ときおり冷たい風が吹きつけてきて、身をすくめなければならなかった。寒気が強くなっているのだ。

居酒屋の軒に掛けられた行灯が、風に揺れてカタカタ音を立てていた。そのたびに店の前を照らしているあかりが動いた。

「送っていくか？」

伝次郎は音松を見て聞いた。

「いえ、歩いて帰りますよ。心配はいりませんから」

音松は笑みを浮かべて応じる。

「毎度のことだが、おまえには無理ばかり頼んでいるな」

「それはいいっこなしです。旦那だって無理を頼まれているじゃありませんか」

「ま、それは……」

伝次郎がいい澱むと、音松が小さく笑った。

「あっしは好きなんです。こうやって旦那と動けることが……。旦那だってほんとうは嫌いじゃないはずです。でなきゃ、端《はな》から断っているでしょう。危ない仕事だっていうのはわかってんですから……」

「おまえ……」

「へへッ。それじゃ、あっしはここで……」

音松は松井橋をわたったところで、歩き去っていった。伝次郎はその姿が闇に呑み込まれるまで見送っていた。

(音松、おまえはいい男だな……)

二

「席を外せ」

奥座敷で酒を飲んでいた松森誠士郎は、突然、酌をしていたおしまを突き放すようにいった。いわれたおしまはおとなしく体を離し、襟元を整えた。誠士郎が酒を飲みながら、おしまの胸に手を入れていたからだ。

「お酒、もう一本つけるんですか？」

乱れた襟を整えたおしまが見てくる。

「いらぬ。栄五郎を呼んでくれ。おまえは寝間で休んでいろ」

おしまは小さくうなずいて座敷を出ていった。誠士郎は酒を舐めるように飲む。手にはおしまのふくよかな乳房の感触が残っていた。その気にならなかったのは、栄五郎の聞きわけのなさを思いだしたからだった。

(もう一度話をしておかなければ、やつはまた勝手なことをやるかもしれぬ)

誠士郎はそのことを危惧していた。

火鉢に炭を足していると、障子が開き、栄五郎がのそりと入ってきた。

「なんだい。小言ならたくさんだ」

栄五郎はふて腐れた顔で、誠士郎と火鉢を挟む恰好で座った。

「小言じゃない。よくよく考えてもらいたいからだ」

「よくよく兄貴風を吹かす男だ」

誠士郎はため息をつく栄五郎をにらんだ。濃い眉にぶ厚い唇、えらの張った顔はいつも不機嫌そうである。

「おまえは自分のしくじりに気がついていない。菱沼という師範代はともかく、町方に斬りつけたのはまずかった」

「そりゃあ昼間、耳にたこができるほど聞いたよ。また説教かい……」

「おまえはただでさえ、町方に追われる身なのだ。そんな相手に、自分から身をさらすようなことをしたんだ。おかげでおれたちまでとばっちりを食らっている」

「…………」

「いま、町方が動いている。おまえが斬った本所方の助をしている男たちがいる。他にも動いているやつがいるかどうか、いま探りを入れているが、もし町方の人数が多かったら、おまえには江戸を離れてもらう。最悪、おれも離れることになるかもしれぬ」

栄五郎は火鉢に向けていた目を、誠士郎に向けた。

「本気で考えているのか？　そんなことしたら兄貴の金儲けはできなくなるぜ」

「仕方ないだろう。おれはおまえを匿《かくま》っている。それに浦賀でおまえを逃がしてもいる。それだけで死罪だ。もっともおれのことはわかっていないだろうが、調べが進めばおれにも手がのびてくる」

「まずいじゃねえか」

「だから口酸《くちす》っぱくいってるんだ。だが、まあもうすんだことを、とやかくいってもはじまらぬ。なんとかするしかない」

「どうするってんだ……」

誠士郎は気持ちを落ち着けて、静かに栄五郎を眺めた。燭台のあかりで、二人の影が唐紙に映り込んでいた。

「明日、おれたちに探りを入れているやつがいるかどうか、それをたしかめる。沢村伝次郎という本所方の助の狙いは、おまえを捕まえることだ。手下の話を吟味すれば、そういうことだった。それだけならまだ救いがある」

「沢村って野郎はかなりの手練れらしいな」

キラッと栄五郎の双眸《そうぼう》が光った。昼間、沢村の話をしたときから、栄五郎が興味を持ったのはわかっている。強い相手を見つけて叩き伏せる。栄五郎には常にそんな欲求がある。

「おそらくおまえを追っている町方はひとりだろう。それはおまえが斬った、広瀬小一郎という本所方の同心だ。おまえはその本所方に捕まった。そうだったな」

「まあ……」

栄五郎は小皿に載っていた鮑《あわび》をつまんで口に入れた。塩蒸しにしたもので、酒の肴には手頃な料理だ。造ったのはおしまだった。若いのに料理が上手で、手際がよいことに誠士郎は感心している。

「町方は人が足りていないのはわかっている。在から流人《るにん》が江戸に腐るほどやってきているからだ。おれの手下もそんなやつばかりだ。辻強盗や辻斬りがあとを絶たない。町方はそんなことに追われている。江戸に舞い戻ったおまえに気づいて動いたのが、広瀬という本所方ひとりなら、それほど人手はかけていないだろう」

「あの本所方は当分はたらけないはずだ。腕を斬ってやったが、浅傷じゃなかった」

「そうだとしても広瀬の手先が動いているのはたしかだ。おれが気にするのはその人数だ。少なければ、先に手を打ってわからないように始末する」

「おもしろいことを……」

栄五郎の片頬に残忍な笑みが浮かんだ。

「おれは金を儲けたい。それには江戸が一番だ。田舎に引っ込んでも金儲けはできない。このまま江戸にいるためには、多少の危険は覚悟しなければならぬ」

「そんなに金儲けが楽しいか？」

「おまえが楽をしているのは誰のおかげだ。見下したことをいうんじゃない」

誠士郎はきりっと眉を吊りあげて、栄五郎をにらんだ。

「まあ、兄貴には感謝しているよ。だけど、なんでおれをそばに置いておく。前から聞きたかったんだが……」

「おまえは腕が立つ。金儲けにはいろんな人間が集まってくる。だから、おまえは魔除けとしてそばにいてもらいたいんだ」

「つまるところ用心棒ってやつだ」

「なんとでもいうがいい。だが、おまえは何不自由することなく生きている。それで不足はないはずだ」

「まあな……」

「明日の調べで大方わかるはずだ。吉と出るか凶と出るかわからぬが、最悪のことも考えておかなければならぬ」

「どういうことだい」

栄五郎は双眸を細めて、誠士郎を見た。

「さっきもいっただろう。凶と出たら、しばらく江戸を離れる。ほとぼりが冷めるまでだ」

「それじゃ吉と出るのを祈っていよう」

栄五郎はそういうと、ゆっくり腰を上げて、もういいだろう、といった。誠士郎がうなずくと、栄五郎はそのまま座敷を出ていった。

そのあとで誠士郎も座敷を出た。玄関脇の小部屋を訪ねると、たむろしていた手下をひと眺めして、喜左次に目を留めた。

「喜左次、明日蓮華寺裏のあの家に行って来てくれ。そろそろ又衛門が戻ってきてもおかしくないはずだ。やつはあの家から越したことを知らないから、どうにも気になっているんだ」

「わかりました」

喜左次が返事をすると、誠士郎は廊下を引き返した。又衛門はおそらく大きな話をまとめているはずだ。その又衛門がいないと仕事にならない。

(こんなことなら、又衛門にひとり付けておくべきだった)

誠士郎は軽い後悔を覚えながら、奥の座敷に戻った。

三

竪川は朝霧におおわれていた。伝次郎は二ツ目之橋のたもとに舫っていた猪牙に乗り込むと、襷《たすき》をかけて舟を出す支度をした。愛刀・井上真改《いのうえしんかい》を隠し戸に入れ、帯を軽くたたいた。その帯には昨夜用意した小柄《こづか》を十本差し入れていた。

小柄は刀の鞘の外側の溝に装着するもので、緊急時の武器になる。掌《てのひら》にすっぽり入るので、邪魔にはならない。

近づいてくる足音があったので河岸道を見ると、音松がすぐそばに立っていた。

「八州吉と森蔵はまだですか」

「そろそろ来るだろう」

音松が舟に乗り込んだとき、二ツ目之橋をわたってくる影があった。八州吉と森蔵だった。白い息を吐きながら、舟に乗り込むと、

「又兵衛はなにもかもしゃべったようです。蓮華党の金儲けの絡繰《からく》りまでわかりました」

八州吉が早速、新たに小一郎の調べでわかったことを口にした。

伝次郎は舟を出して、そのまま八州吉の話に耳を傾けた。

蓮華党は橋場の相馬屋から買い占めた米を、相場が上がったときに小網町《こあみちょう》一丁目の米問屋・内田《うちだ》屋に卸していた。相馬屋で買いたたいた分を差し引くので、内田屋はなんの疑いもなく仕入れていたらしい。

小網町一丁目には米問屋が多い。蓮華党は内田屋以外にも目をつけていたという。その商売を仕切るのが又衛門の役目だった。

「甲州屋というのは、やはりどこにもない店で、蓮華党の根城を甲州屋といっているそうです。それにしても、松森って男は商売人のようです。米にかぎらず、麦と大豆にも手をつける段取りをつけていたといいます」

「その商売に裏はないのか?」

「商売そのものには問題ないようですが、蓮華党は鑑札を持っていませんから、闇取引をしているということになります」

「元手はどうしたんだろう?　米の買い占めにはそれなりの金がいるはずだ」

「又衛門はその辺のことは知らないようですが、松森が使っている手下には、盗賊の一味だった野郎もいるらしいので、ろくな稼ぎはしていないはずです」

「又衛門はなぜ松森についたりしたんだ?」

「もともとは上野《うえの》にある大きな木綿問屋の番頭だったらしいんですが、金の誤魔化しが主に知れて馘《くび》になったようです。その頃、松森と知りあい今度の商売を考えたとか。まあ、どこまでほんとうのことかわかりませんが、広瀬の旦那は今日も調べをするといっています」

伝次郎の舟はすでに大橋《おおはし》をくぐっていた。引き潮らしく、いつもより水量が少ない。百本杭《ひゃっぽんぐい》の喫水《きっすい》が、大きく下がっているし、川底の浅い部分は寄洲《よりす》になっていた。

引き潮の分、川の流れが速いので伝次郎は労力を強いられる。櫓を漕ぐたびに軋む音が高くなっている。

次第に霧が薄れ、川面は朝日を受けてさざ波を浮かびあがらせていた。

伝次郎は山谷堀の河口を過ぎたすぐ先の、浅草今戸町の河岸に舟をつけた。そこから陸《おか》にあがって、あとは歩きである。

町屋は朝日に包まれ、通りには行商人や職人の姿が見られるようになっていた。

通り沿いの商家も、つぎつぎと大戸を開けている。

連絡場にする相馬屋隣の汁粉屋も、小さく表戸を開いていた。伝次郎は仲間を表に待たせると、菅笠を脱いで汁粉屋を訪ね、主と話をした。悪党退治をする本所方の助っ人と知った主は、二つ返事で伝次郎の頼みを聞いてくれた。

早速店の中に入った四人は、これからのことを話しあった。

「昨夜いった繰り返しだが、おれと音松が組んでやる。八州吉は森蔵と動いてくれ。それから連中の中には、おれと八州吉の顔を知っているやつがいる。八州吉、顔をさらさないようにしろ」

「へえ、わかりました」

八州吉は答えながら手ぬぐいで頬被りをした。

「よいか、見つけても手出しはするな。居所をつかむのが先だ」

「わかっています」

そう答える森蔵に、伝次郎は十手が見えないようにしろと注意を促した。

「おれと音松は今戸から山谷のほうに足をのばしてみる。おまえたちは橋場の奥を頼む。昼になったら一度ここで落ち合うことにしよう」

伝次郎は段取りを決めると、二手に分かれて探索を開始した。

吾妻橋をわたった惣兵衛《そうべえ》と吉蔵は、そのまま隅田川沿いの河岸道を歩きつづけた。

その朝、惣兵衛は松森誠士郎に呼び出しを受け、念入りな指図を受けていた。その目的は沢村伝次郎を探すことである。探せなくても、沢村がどんな人間で、どこに住んでいて、普段はどんな仕事をしているか、それをはっきりさせろといわれた。

惣兵衛はそういった調べ事が得意だった。昔盗賊一味にいるときも、商家や金持ちの家の調べをよくやっていたし、その要領はわかっていた。

「もう雪はほとんど融けちまいましたね」

隣を歩く吉蔵がのんきなことをいう。

「ああ、今日も天気がいいからな。だけど、いつ雪になるかわからねえ。晴れちゃいるが、風が冷てえだろう」

「寒いのは苦手ですよ。で、惣兵衛さん、どうやって沢村のことを調べるんです。ただ、調べるといわれても、おれはやつの顔を知っているぐらいですぜ」

「船頭をやっているらしいじゃないか」

「らしいですが、ほんとうのところはわかりません」

惣兵衛は乱ぐい歯の吉蔵を見て、手鼻をかんだ。

「とりあえず番屋を訪ねる。本所方がちょいちょい寄る番屋はいくつかある。沢村が本所方の助をしているなら、その番屋にも顔を出しているはずだ。それから念のために船宿もあたろう。沢村が船頭なら、船宿のものが知っているだろうからな」

「なるほどね」

吉蔵は感心してうなる。惣兵衛は岩を削ったようなごつい顔を、手ぬぐいで覆っていた。それは吉蔵も同じである。沢村を探す前に、先に気づかれてはことである。その辺の用心深さは持ちあわせていた。

「だけど、松森さんはなんで若い小娘をほしがるんです。まだ青い、小便臭い女じゃないですか」

吉蔵は暇にあかせてしゃべる。

「若いのが好みなんだろう。おれはもう少し年のいったのがいいが、人それぞれってことだ」

「それにしても、お民って娘はあきらめが悪いようじゃないですか。昨日もあいつには手を焼くと、松森さんがぼやいてましたよ」

「それだけ楽しみが増えるってもんだろう。おれにはよくわからねえことだ」

「栄五郎さんも首をかしげてましたよ」

「へえ、栄五郎さんがね」

惣兵衛は栄五郎の陰鬱《いんうつ》で凄愴《せいそう》な顔を思いだすだけで、背中が冷たくなる。ときどきひたと視線を向けられると、身を斬られるような恐怖を覚える。実際、栄五郎は何人も人を斬っていると聞いている。

「あの人は強いんでしょう。蝮の栄五郎って渾名もあるらしいじゃないですか」

(こいつは鈍感なのか)

惣兵衛はそんなことを思って、吉蔵を見た。

「おまえ、あの人が怖くないのか」

「仲間じゃないですか。そりゃあ敵にしたくない人ですが……」

「まあ、そうだろうが、おまえはお気楽な野郎のようだな」

愚にもつかないことを話しているうちに、南本所横網町についた。惣兵衛は早速その町の自身番を訪ねた。

「沢村さんの助っ人ですか……」

詰めていた若い番太《ばんた》が、めずらしいものでも見るように惣兵衛を見てきた。

「そうだ。昨日、沢村さんに頼まれたんだ。どこにいるかわからねえか？」

「どこにいるかはわかりませんが、昨夜は御用屋敷に行かれましたよ」

「御用屋敷に……」

「へえ、又衛門という男を捕まえたんです。その調べでしょう」

（なんだと！）

惣兵衛は顔にこそ出さなかったが、内心で驚いた。これはすぐにでも、松森誠士郎に伝えなければならない。

「それじゃ、いまはどこで何をしてるかわからないんだな」

「御用屋敷に行けばわかるんじゃないですか」

「そうか、それじゃそうしよう」

惣兵衛は自身番を出ると、吉蔵の背中を押して道の端に寄った。

「おまえはすぐ戻ってくれ。又衛門さんが本所方にしょっ引かれているらしい」

「ほんとうですか」

「すぐ戻って伝えるんだ」

「惣兵衛さんは？」

「おれはもう少し沢村のことを調べる」

吉蔵が駆けるように去ると、惣兵衛は沢村伝次郎が舟をつけているという河岸地に足を向けた。六間堀に架かる山城橋のすぐそばだ。

そこには数艘の舟が舫われていたが、人の姿はなかった。惣兵衛はあたりを見まわして、雁木をあがったすぐのところにある商番屋を訪ねて、沢村伝次郎のことを聞いてみた。

「ああ、よく知っていますよ。昨日今日は見ていませんがね、どっかよそで商売してるんでしょう。舟だったらよそで雇ったらどうです。この辺には船宿が多いですからね」

「あの人に頼みたいんだが、そうか……だったら仕方ねえな」

「それじゃ家に行ってみたらどうです。あの人の家はすぐそこです」

惣兵衛はキラッと目を輝かせて、教えてくれと頼んだ。

番人は暇らしく、沢村伝次郎の長屋を詳しく教えてくれた。惣兵衛は早速そっちにまわった。長屋に入ると、日あたりのよい家の前に置いた腰掛けで、煙草を喫んでいる年寄りがいた。

「伝次郎さんに会いに、そりゃ残念だね。今朝早く出ていったよ」

年寄りは目脂《めやに》のついた顔を向けてきた。

「どこへ行ったかわかりませんか？　あっしは昔世話になったもんで、どうしても会いたいんです」

「ふむ、そうだね。だったら、深川元町の飯屋で聞いたらわかるかもしれないね」

「飯屋……」

「そうだよ。ちぐさって店だけどね、そこの女将といい仲なんだ。千草さんとおっしゃってね、ああいう人を小股の切れあがった女というんだ」

年寄りは干し柿のような顔に、さらにしわを増やしていう。

（こりゃあ、いいことを聞いた）

内心でほくそ笑む惣兵衛は、千草という女将のやっている店を確かめることにし、年寄りに礼をいって長屋を出た。

四

真っ青な空にうす絹を、さあっと流したような白い雲が浮かんでいる。その空に数羽の白鳥が飛び立った。

伝次郎は浅草山谷町《さんやちょう》を抜けたところで立ち止まった。そこから先は入会地《いりあいち》となっている荒れた百姓地で、家屋は数軒しかない。入会地の先には、鏡ケ池《かがみがいけ》がある。白鳥はその池から飛び立ったのだろう。池の先は総泉寺《そうせんじ》だ。

「こっちではないのか……」

伝次郎は菅笠を少し持ちあげて、周囲を見わたした。

「こっちではないのかもしれませんね」

音松がいう。

二人は浅草今戸から山谷堀沿いの町と、日光道中の両側にある町への聞き込みを行ってきた。だが、坂崎栄五郎を知っている者も、蓮華党の一味を見たという者もいなかった。伝次郎は松森誠士郎の手下、数人の名前と顔を覚えているので、そのことも話したが、やはり反応は鈍かった。

「やつらは舟を使っている。隅田川から離れていない場所にいるのか……」

伝次郎はそんな気がしてきた。

「橋場で聞き漏らしがあるかもしれません。行ってみましょうか」

「うむ、そうしよう」

音松に応じた伝次郎は足を進めた。日陰に残っている雪はあるが、大方融けていた。泥濘んでいた地面も乾きつつある。

浅草橋場町に戻ると、これまで立ち寄らなかった店を中心に聞いていったが、やはり蓮華党の足取りはつかめなかった。

すでに昼が近い。伝次郎は一旦、連絡場にしている汁粉屋に戻ることにした。

「八州吉と森蔵がなにか聞き込んでいるかもしれません」

音松が希望を口にする。伝次郎もそうであることを願った。

「何かおわかりになりましたか？」

汁粉屋に入るなり、主が興味津々の顔を向けてきた。

「この顔を見れば察しがつくだろう」

伝次郎はそう応じて、客の邪魔にならない小部屋に腰を落ち着けた。女房が茶を持ってきて、茶請けにと小松菜《こまつな》の漬け物を出してくれた。

伝次郎はどうやったら蓮華党を炙《あぶ》りだせるのか、そのことを考える。見つけるための手掛かりが少なすぎるのだ。そのことを口にすると、音松が答えた。

「旦那、話を聞いていると、やっぱりやつらの舟着場から見当をつけるのが早いんじゃないかと思うんですが……」

「そう考えて、昨日は調べをしたんだが……まだ、足りなかったのかもしれんな。もしくは見逃しているところがあるのか……」

「八州吉たちが戻ってきたら、あっしらも一緒に動きましょうか」

「それがいいかもしれん。そうするか」

伝次郎はズルッと音を立てて茶を飲むと、閉まっている連子窓《れんじまど》を少し開けた。流れ込んできた寒風が頬をなでた。通りを歩く侍は少ない。このあたりは江戸の郊外といっていいところだ。そのせいかもしれない。

目立つのは行商人と、坊主ぐらいのもので、あとは近所の町人ばかりだ。ぼんやりと、そんな通りを眺めて、窓を閉めようとしたときだった。伝次郎は眉宇をひそめた。

頬被りをした男が酒屋から出てきたのだ。手に買ったばかりの徳利をさげ、腰には長脇差をぶち込んでいる。

(あやつ)

伝次郎は気づいた。蓮華寺裏の家に行ったとき、真っ先に逃げた男だ。背恰好も似ているし、顔もそうだ。鷲鼻《わし》で頬がこけ、眉がうすい。

(ひとりか……)

伝次郎は男のまわりに、仲間がいないか素早く視線をめぐらした。

「どうしました?」

音松が伝次郎の異変に気づいて声をかけてきた。

「こっちに来る縦縞柄の着物を着たやつだ。蓮華党の一味だ」

「どうします」

「尾ける。おまえはここにいてくれ、八州吉と森蔵を待つんだ」

「わかりました」

伝次郎は差料をつかむと、菅笠を目深《まぶか》に被って表に飛びだした。

男はなにも気づかず北の方角へ歩きつづけている。買ったばかりの一升徳利をぶらぶらさせて、周囲にはまったく注意を払っていない。

伝次郎はもう一度まわりを見た。男の仲間はいないようだ。男は船番所の前を過ぎ、橋場之渡しの上がり場を過ぎた。伝次郎は内心で舌打ちした。尾行するには遮《しゃ》蔽《へい》物が少ない道である。男は思川沿いの道を辿る。川の上流に向かう恰好だ。

蓮華党の新しい根城に行くのだろうが、尾行が難しくなったので、伝次郎は迷った。

（捕まえるか……）

そう決めたときにはもう足を速めていた。蓮華党の引っ越し先はこの先にあるのだ。だったら、蓮華党の手下を捕まえるのを躊躇《ためら》うことはない。

先を歩いていた男が立ち止まった。川沿いに立つ柳のそばだった。ゆっくり振り返り、近づいてくる伝次郎を訝しむように見たが、長脇差の柄に手をやった。

「誰だ？」

男が声をかけてきた。伝次郎が一気に間合いを詰めると、男はさげていた酒徳利を落として長脇差を抜いた。だが、すでに伝次郎の間合いだった。抜き様の一刀で、相手の長脇差をすりあげると俊敏に刀を引き、つづいて柄頭を鳩尾《みぞおち》に叩き込んだ。

「うっ……」

男は長脇差を落として、膝から崩れようとしたが、伝次郎は肩の下に腕を差し入れて相手の体を支えた。

「歩くんだ」

伝次郎は男の長脇差を拾いあげ、酒徳利を川の中に蹴落として命じた。男は鳩尾の痛みが激しいらしく、苦しそうにうめいている。それでも伝次郎に支えられながら、よろよろと足を動かした。

伝次郎は歩きながら周囲に目を配った。思川に架かる小橋をわたった先に、地蔵堂があり、その裏は鬱蒼《うっそう》とした竹林になっている。男をそこに連れて行くことにした。

五

「名は？」

「知るかッ」

男は両手両足を縛られても強気だった。眉がうすく頬がこけているので、その目つきはなかなかなものだ。だが、伝次郎には通用しない。

「そうか、それじゃ名なしでいいだろう。松森誠士郎はどこにいる。おまえたちが蓮華寺裏から引っ越した先だ。この近所だとは思うが……」

「………」

「仲間には坂崎栄五郎がいるな。松森誠士郎の弟だ」

「………」

男は地蔵堂の破れ目を見て、だんまりを決め込む。二畳ほどの板間があり、安置されている埃《ほこり》だらけの地蔵には、赤い着物を着せてあった。

「なにもかもわかっているんだ。おまえたちは蓮華寺裏の家で、男を待っていた。それは番頭格の又衛門だ」

男のうすい眉が動き、わずかだが目が驚いたように見開かれた。そのまま伝次郎に敵意剝きだしの顔を向けてくる。

「おまえは松森に踊らされているか、都合よく使われているだけだ。そうであれば、おまえに咎はない。もっとも何も悪さをしていなければの話だがな」

「…………」

「だが、このまま何もしゃべらず、隠しとおせばいいことはない。松森は罪人を匿《かくま》っているだけでなく、坂崎栄五郎を逃がした男だ。浦賀番所で坂崎を逃がすとき、三人の役人が斬られている。松森は人殺しというわけだ。坂崎が島流しの刑を受けていたのは知っているだろう」

「…………」

「つまり、二人は罪人だ。坂崎栄五郎は本所方の同心と、道場の師範代に斬りつけてもいる。それだけで罰を受ける身だ。おい、罪人を匿ったり逃がしたりしたらどうなるか知っているか」

伝次郎は頑《かたく》なにしゃべろうとしない男を、冷ややかに凝視する。

「きさまの首が飛ぶってことだ」

男の目に狼狽《ろうばい》の色が浮かんだ。裏の竹林のざわめきが聞こえ、鳥の鳴き声がした。

「きさま、おれのことをどこまで知っている？」

伝次郎は男の顎を強くつかんだ。男が痛苦しそうに首を振ったので、ゆっくり離してやった。

「船頭侍だろう。沢村伝次郎」

「他には……」

「ふふ、いろいろわかっているさ」

不気味に笑う男を見て、伝次郎は片眉を動かした。

「どんなことだ。何を知っているという」

男はそっぽを向いた。伝次郎は煙草入れをだすと、種火を使って煙管を吹かした。地蔵堂の中は寒い。まだ昼間だからいいが、日が落ちれば体の芯まで冷えてくる。

「おい、名なし。名前ぐらい教えたらどうだ」

伝次郎が煙管の灰を落とすと、

「喜左次だよ」

男は吐き捨てるようにいった。

「喜左次か。いい名じゃねえか。ま、きさまがこれ以上しゃべらなくても、きさまの仲間の居所を見つけるのに手間はかからない」

「又衛門を捕まえて、なにを聞いた？」

喜左次の問い返しに、伝次郎は心ならずも驚いた。

「なぜ、又衛門のことを知っている。捕まえたときに近くにでもいたのか？」

「…………」

「そうなのか」

喜左次はそっぽを向いた。日が翳《かげ》り、地蔵堂の中がうす暗くなった。しかし、雲に遮られたのは短く、また日射しが忍び込みあかるくなった。

喜左次を訊問する伝次郎は、八州吉たちの調べも気になっていた。あまり待たせると心配もかけるだろうし、わかったことがあるかもしれない。

「喜左次、何もかも白状したらおまえの罪は軽くなる。いや、おまえをこのまま逃がしてもいい。逃げてまともな生き方をするんだ。そういう道もある」

「おれは騙《だま》されはしねえぜ。ぷっ……」

喜左次が飛ばしたつばが、伝次郎の頬にあたった。

「そうかい、そういう気なら……」

いうが早いか、伝次郎は喜左次の鳩尾を強く打った。不意をつかれた喜左次は短くうめき、そのまま気を失った。

伝次郎は喜左次の縛《いまし》めをきつくし、さらに口に猿ぐつわを嚙ませた。すぐに戻ってくるつもりだから、それまではここから逃げられないはずだ。

地蔵堂の表に出ると、周囲に目を配った。人の姿はない。思川沿いの道にも、その先の田園地帯にも人影はなかった。

それでもいま蓮華党の仲間に見つかるのは得策ではない。伝次郎は百姓地を抜けて、橋場町に入り、そのまま汁粉屋に戻った。

「どうしました？」

真っ先に音松が聞いてきた。

「尾けるのは途中までにして、捕まえた。訊問したが、すんなり口を割ろうとしない。それより八州吉と森蔵は？」

「まだ来ないんです」

もう約束の刻限は過ぎている。

「何かあったんじゃ……」

音松の顔に不安の影がよぎった。

「もう少し待ってみるか。まだ昼を過ぎたばかりだ」

「それで、捕まえた野郎はどうしたんです？」

「縛りつけて地蔵堂の中に転がしている。喜左次というが、なかなかしぶとい。八州吉と森蔵が戻って来たら、もう一度訊問する。今度は手ぬるいことはやらん。だが、やつらの根城はおそらくこの近くだろう。思川の先のほうだ」

伝次郎がそういったとき、店に八州吉と森蔵が入ってきた。

六

惣兵衛は息を切らして歩いていた。心《しん》の臓《ぞう》が激しく脈打っているが、それは急いでいるからだけではなかった。沢村伝次郎のことを知った興奮である。

（松森さんはどう考えるかな……）

歩きながら松森誠士郎がどういう顔をするか楽しみである。惣兵衛はごつごつした顔に似合わず、はしゃぐ子供のような心境になっていた。

それにしても沢村伝次郎の女――おそらくそのはずだろうが、千草という女将はなかなかの別嬪《べっぴん》だった。話し方にも接し方にも、女としての品と魅力を感じた。

（伝次郎め……）

惣兵衛は心中でつぶやく。町の人間は誰もが伝次郎のことを、「伝次郎さん」と呼ぶようだ。沢村と呼ぶものはいなかった。それはやつが船頭だからだ。

いつになく興奮している惣兵衛は、脇目も振らずに、橋場町の通りを駆けるように抜けた。

松森誠士郎はさっきから、奥座敷の中をぐるぐる歩きまわったり、座ったりを繰り返していた。そんな様子を隅に座っているおしまが、怯えたような顔で眺めていた。

「どうしてくれよう」

表を眺めた誠士郎は、障子を勢いよく閉めた。バチンという音に、おしまがびくっと首をすくめる。誠士郎はそんなことにはなにも頓着《とんちゃく》せずに、火鉢にあたりながら煙管を弄《もてあそ》んだ。煙管を動かすたびに、コンコンという音が座敷の中にひびく。

「兄貴、なにを苛ついてるんだ」

のそりと座敷に入ってきたのは、栄五郎だった。誠士郎はちらりと見ただけで、そこに座れと自分のそばを示した。

「又衛門が捕まったというのは聞いただろう」

「ああ、聞いた。やつになにも知らせずに、こっちに越したからそういうことになるんだ」

「なにを悠長なことをぬかす」

「だが、そうであろう」

誠士郎はチラッと栄五郎をにらむように見て、まあそうではあるが、と内心で認めるしかない。だが、口に出す言葉はちがう。

「又衛門がなにもかもしゃべったら、おれたちのことが知れる」

「知れたところで慌てることはない。又衛門はこの屋敷のことは知らないんだ」

「そうであろうが、おまえのことをおれが匿っていることは知られている。いや、それより又衛門がいないと、これから先が困るのだ。やつは新しい話を取りつけに、あちこちをまわっていたんだ。帰ってきたというのは、話をうまくまとめてきたからだ」

「あきらめることだ」

「なにッ」

栄五郎は白々しい顔で、隅に控えているおしまに茶を淹れてくれと所望《しょもう》し、誠士郎に顔を戻した。

「代わりを見つければすむことだ。そうだろう」

「おまえは気楽なやつでいいな。又衛門の代わりはそうそう見つけられるものではない」

「だが、他に手はないだろう」

誠士郎は図星だから絶句する。茶を淹れているおしまを見て、おれにもくれと命じた。

「それで、町方のことはわかったのか？」

栄五郎が茶に口をつけていう。

「いま調べさせているところだ。それ次第で、あれこれ考えなければならぬ」

誠士郎がそう答えたとき、廊下に足音がして、「松森さん、松森さん」と呼ぶ声が近づいてきた。町方の動きを調べに行かせた惣兵衛だった。

「どうした。何かわかったか」

誠士郎の声と同時に障子が開き、惣兵衛が汗を噴きだしながら入ってきた。

「町方のことも、沢村伝次郎のこともわかりましたぜ」

「話せ」

「それより吉蔵から又衛門さんのことは聞きましたか？」

惣兵衛は汗を拭きながら、誠士郎と栄五郎を見る。

「捕まったことは聞いた。頭の痛いことだ。又衛門がいないと商売ができない。だが、それはさておき、おまえの話だ」

「沢村伝次郎というのは、やっぱり船頭が稼業です。ですが、昔は町方だったような話を聞きました。その辺ははっきりしねえんですが、どうやらそうらしいんです」

「なぜ、町方が船頭に……」

誠士郎は栄五郎と顔を見合わせた。

「それはわからねえことです。それでやつの住んでいる長屋を見つけました。それだけじゃありません。やつには懇《ねんご》ろにしている飯屋の女将がいます。千草ってんですが、これがいい女なんです」

「若いのか？」

「三十年増です」

誠士郎は少しがっかりしたが、場合によってはその女を使えると思った。

「その千草の店もわかっているんだな」

「へえ、ぬかりなく確かめてきましたよ」

「動いている町方のことも調べたんだろうな」

栄五郎だった。

「動いているのは、伝次郎と本所方の手先で、聞いたかぎりじゃ四人のようです。坂崎さんが斬った本所方は、腕が使えなくなっているんで裏で指図をしながら、又衛門さんの調べをしているという話でした」

「又衛門がしゃべりすぎなきゃいいが……で、他にわかったことは……」

誠士郎は小さく舌打ちして、ごつごつしている惣兵衛の顔を眺める。

「そのぐらいです」

「町方の狙いはやはり栄五郎か……」

「そうでしょうが、あっしらのことも探っているはずです。あっしらと栄五郎さんがつるんでいるのは、わかっているようですから」

誠士郎は舌舐めずりをしながら短く思案して、惣兵衛に顔を戻した。

「動いているのは四人だな」

「のようです」

「ものの数ではない。来たら、たたっ斬るまでだ」

栄五郎が吐き捨てるようにいった。

「侮るな。沢村伝次郎という男は、かなりできる。おれはこの目で見ているからな。それに元町方なら、なお油断ならぬ」

誠士郎は忠告するが、

「なおおもしろいというもんだ」

と、栄五郎は残忍な笑みを浮かべた。

「よく聞け、栄五郎。ここは思案のしどころだ。やつらに捕まったら、おまえだけでなくおれも牢送りだ。それも島流しですむようなことじゃない。一生を棒に振るどころか、首を飛ばされることになる。楽しみたいことは腐るほどあるんだ」

「兄貴の楽しみは小娘をいたぶることだろう」

「減らず口をたたくなッ。きさま、誰のおかげでこうやって生きていられると思ってる。おれが逃がしてやらなかったら、きさまは八丈島でみじめな暮らしをし、いずれ野垂れ死ぬ運命だったんだ」

「もういいよ。兄貴には頭が上がらないのはわかっている。だから、おれはおとなしくついてきてるではないか」

「だったら、おれに逆らうんじゃない」

「わかったよ。それでどうするんだ。おれたちが追われていることに変わりはないんだ」

「うむ」

誠士郎は昂《たか》ぶった気持ちを静めるために立ちあがって、障子を開けた。とたん冷たい風が体にまとわりついてきた。

誠士郎の頭にはいろんな考えが錯綜していた。まずは江戸を離れることだ。そうすれば町方を恐れることはない。

しかし、江戸を離れてどこへ行けばいい。田舎では金儲けは難しい。江戸にいたい。町方の追及をかわすために、ひとつの策を思いついていた。それは栄五郎を町方に差しだすことだ。

だが、父親ちがいとはいえ唯一の身内だ。それに差しだせば、自分が栄五郎を逃がしたことが知れる。そうなると自分の身は安泰ではない。

（一番の良策は……）

誠士郎は自問して回答を見出した。町方の追及をかわし、江戸の町に深く潜行することだ。やってできないことはない。江戸は狭いようで広い。身を隠す場所はいくらでもある。

（そうしようか……）

誠士郎はゆっくり障子を閉めて、栄五郎と惣兵衛に振り返った。

「今夜は様子を見る。一晩頭を冷やして、明日の朝どうするか決める」

「今夜のうちにここが見つけられたらどうする？」

栄五郎がいう。

それも誠士郎の気になるところだ。だが、いまこっちから動くと、墓穴《ぼけつ》を掘りそうな気がしてならない。

「今夜一晩見張りを立てよう。何もなかったら、明日おれたちを追う町方の手先をひとりずつ始末する」

「おれはそっちのほうがいいが、それじゃ、あとあとまずくなるんじゃないか……」

「そこをうまくやるんだ。江戸を離れるのはやめた。惣兵衛」

「へえ」

「沢村伝次郎の家がわかったといったな」

「へえ、松井町一丁目の福之助店《ふくのすけだな》です」

「今夜、やつを襲うんだ。寝首をかけ。だが、絶対人に見られるな」

「ひとりでやるんですか……」

惣兵衛は喉仏を動かして、ゴクッと生つばを呑んだ。

「喜左次と伊蔵を連れて行け。しくじるんじゃないぞ」

「……へえ、わかりやした」

七

「お、おれは小仏《こぼとけ》の、喜左次……」

伝次郎の責めに耐えている喜左次は、何度も同じことをつぶやき、ついにそのまま気絶してしまった。

伝次郎は額に浮かぶ汗をぬぐって、大きく息をした。

「旦那、気を失っちまいましたよ」

音松が喜左次を見ていう。

「ああ」

伝次郎はここまで喜左次がしぶとく耐えるとは思っていなかった。どんな痛みを与えても、喜左次は奥歯を噛みしめて耐え抜いた。

（拷問が甘いか……）

伝次郎は骨が折れる寸前まで腕を曲げてやったり、弁慶《べんけい》の泣き所を打擲《ちょうちゃく》したり、息が止まる寸前まで水桶に顔を突っ込ませたりと、その場でできるかぎりの責め問《せど》いをやったのだった。

「どうします？　こいつは死んでも白状しないかもしれませんよ」

森蔵が馬面を向けてくる。

「まだやり方が手ぬるいんだ。だが、これ以上やるとこいつが弱ってしまう。場所を変えたい」

「それじゃどこへ？」

「御用屋敷に連れて行こう。こいつが元気になったところで、もう一度責め問いをやる」

責め問いと呼ばれる拷問には、石抱き・海老責め・鞭打ちなどがあるが、火責めや水責めというものもある。伝次郎は石抱きで責めようと考えていた。どんな強情者も石抱きには音《ね》をあげる。

だが、それをやるのはいまではなかった。伝次郎の責め問いに耐えた喜左次は朦《もう》朧《ろう》としていて、もはやまともに口を利けなくなっていた。それに、もう外は暗くなっている。空ににじんでいた日の光はすっかり消え、闇が濃くなっていた。

「おれの舟まで連れて行こう。いまここで蓮華党の連中に見つかりたくない。裏道を通っていく」

「それじゃあっしが担ぎましょう」

森蔵がぐったりしている喜左次を縛《いまし》めていた縄をほどき、背中に担いだ。先頭を八州吉が歩き、それに喜左次を担いでいる森蔵、そして伝次郎と音松がつづいた。みんな疲れているので口を利かなかった。暗い夜道を黙々と歩くだけだ。

今戸町の河岸地につけていた舟に戻ると、伝次郎は舟提灯をつけてから川を下った。ときどき棹を操るぐらいで、舟は流れにまかせた。

二ツ目之橋近くに舟を舫ったが、喜左次はまだ息を吹き返していなかった。伝次郎が気を入れてやると、茫洋《ぼうよう》としたうつろな目でみんなを眺め、またそこで気を失った。

伝次郎は様子を見て、もう一度責め問いをしようかと考えていたが、今夜は休ませたほうがいいだろうと判断した。無理に拷問をかければ、死んでしまうかもしれない。せっかくの証人なので、死なすわけにはいかなかった。

御用屋敷に喜左次を連れ込んだが、広瀬小一郎は不在だった。又衛門を大番屋に移し、そこで牢送りの手はずを整えているらしい。

「広瀬の旦那は明日の朝には見えるでしょうが、いかがします。あっしが呼びに行ってもいいですが……」

留守を預かっていた道役の勘兵衛が、打診する顔を向けてきた。

「それなら明日でいい。今日はもう遅いし、広瀬さんも疲れているはずだ。わざわざ呼びつけることはないだろう」

伝次郎は喜左次を仮牢《かりろう》に入れると、そのまま御用屋敷を出た。八州吉と森蔵には明日も手伝ってもらうので、今朝と同じ時刻に御用屋敷で落ち合うことにした。

「明日は喜左次がしゃべってくれればいいんですが……」

河岸道を歩きながら音松がいう。

「そうしてくれなきゃ困る。いずれにしろ明日が勝負だ」

「やつがしゃべったら捕り方を集めるんで……」

「いや、その前にやつの自白が、ほんとうかどうか確かめるのが先だ。だが、それでは遅いかもしれぬ」

そうなった場合は、四人で蓮華党を相手にすることになる。

（相手は約十人……）

又衛門の自白と、これまでの経緯を考えれば、そのはずだった。

「正念場ですね」

「うむ」

「旦那、久しぶりに身の引き締まる思いです。あっしを除《の》け者《もの》にしないでくださいよ」

「そんなことはしないさ。だが、なにがあろうとおれはおまえを守る」

伝次郎は星あかりを受ける音松を見た。

「旦那、あっしも旦那を守らせていただきやす。こんなことをいえる柄じゃありませんが……。それじゃここで……」

山城橋をわたったところだった。

音松はぺこりと頭を下げると、そのまま六間堀の河岸道へ歩き去った。その後ろ姿を見送った伝次郎は、小さく嘆息して夜空をあおいだ。さっと一条の光が流れていった。願いをかける暇もなく消える流れ星だ。

視線をもとに戻したとき、今夜あたり千草が訪ねてくるかもしれないと思った。そんな予感がしてならなかった。そして、おそらくその勘はあたるのだ。

（まずいな……）

胸中でつぶやく伝次郎は、蓮華党の一件が片づくまでは千草に会わずにおこうと考えていた。会えば無用な心配をかけることになる。そのことが目に見えているからだった。伝次郎は嘘がへただ。千草に誤魔化しは利かない。

ならば店に行って、無用なことをいわずに帰ってくるか。ここしばらく根《こん》を詰めて仕事をしているとか、明日も早いというだけでよい。それなら疑われないだろう。

長屋の路地に入ったとき、先の家の戸がガラリと開き、少し腰を曲げた男が出てきた。隠居老人の喜八郎《きはちろう》だった。

「やあ、いまかね」

と、伝次郎に気づいて声をかけてきた。

「ええ」

「寒いのにご苦労だね。年寄りには冬の寒さが応えてかなわないよ」

そのまま喜八郎は厠《かわや》に向かおうとしたが、そうそう、といって伝次郎を振り返った。

「今日あんたに世話になったという人が来たけど、会ったかね」

「男ですか？」

「そう、あまり人相はよくなかったけど、あんたに大層世話になったそうで、会いたいといっていたんだがね。それで、会えなきゃ深川元町に〝ちぐさ〟という飯屋があるから、そこの女将に聞けばわかるだろうと教えてやったんだ」

「その男の名を聞きましたか？」

「なにも聞かなかったよ。その顔は会えなかったんだね」

喜八郎はそのまま厠に向かったが、伝次郎はいやな胸騒ぎを覚えた。訪ねてきた男は蓮華党の手先かもしれない。とすれば、舟の置き場だけでなく、この家まで調べているということだ。そして、連中は千草も……。

（まずい）

伝次郎は自分の家の前まで来ていたが、そのまま表通りに引き返した。

第六章　塩入土手

一

山城橋の手前を曲がり、六間堀の河岸道に出てすぐのことだった。商番屋の表で煙草を喫《の》んでいた番人が、「こりゃあ、伝次郎さん」と、声をかけてきた。

「ご苦労だな」

伝次郎はそのまま行こうとしたが、待ってくれと番人が呼び止めた。

「なんだ」

「昼間、伝次郎さんを訪ねてきた客がいるんです」

伝次郎は眉間に縦じわを彫って、「客……」と、つぶやいた。

「なんでも伝次郎さんを雇いたいといっていました。伝次郎さんじゃなきゃだめみたいなことをいうんです。それで、家のほうを教えたんですが……」

「それはどんなやつだった」

「どんなって、色の黒い、ちょいと目のきつい男でした。年は、そうですね三十半ばぐらいじゃなかったかな」

「そういうことだったか……」

「なんです」

番人は額にしわを走らせ、きょとんとした。

「なんでもない」

伝次郎はそれだけをいうと、番人を置き去りにする恰好で千草の店に急いだ。昼間、自分の長屋を訪ねてきた男は、さっきの番人に教えてもらったのだ。そして、喜八郎から千草の店を聞いた。

(まさか、千草が……)

伝次郎はますますいやな予感を覚えた。お幸のこともあるので、攫われたりしていなければいいがと、心の臓が激しく脈打ってきた。

河岸道を駆けるように歩き、北之橋《きたのはし》をわたって、また河岸道を急ぐ。もし、千草の身になにかあれば、自分のせいである。お人好しにも、広瀬小一郎の相談を安請け合いしたからだ。

（なにも起きていないでくれ……）

伝次郎は自分を責めながら、小走りになった。無事でいてくれと何度も心中でつぶやく。

猿子橋の通りに出ると、一度足を止めた。星あかりに照らされた町屋がある。ところどころに居酒屋や小料理屋のあかりが、闇の中にぼうっと浮かんでいて、いくつかの人影があった。伝次郎は目を凝《こ》らしながら足を進めた。

千草の店の軒行灯が見えた。店はやっている。そして、ひとりの男が店を出てきた。伝次郎はハッとなった。まさか、蓮華党の人間では、とまた不安が募る。しかし、店を出た男は千鳥足で、高橋通りへ曲がって見えなくなった。

（ちがったか……）

店の前で立ち止まって、大きく息を吸い、そして吐き、荒れた呼吸を整えた。店の中から客の声と、千草の小さく笑う声が聞こえてきた。

伝次郎はホッと吐息をついた。心配は杞憂《きゆう》だった。千草は元気だ。

暖簾を撥ねあげて店に入ると、土間席にいた千草と客が顔を振り向けてきた。客は英二《えいじ》という常連の大工で、すでにできあがっていて、顔が真っ赤だ。

「こりゃ伝次郎さん」と、英二がいえば、「汗びっしょりじゃありませんか」と千草が空き樽から立ちあがって、手拭いを差しだした。

「どうしたんです？」

「いや、なんでもない」

伝次郎は汗をぬぐってから、手拭いを千草に返し、一本つけてくれといった。いつもの小上がりに腰をおろし、よかった、と内心でつぶやいた。

英二がたったいま与市《よいち》さんが帰ったばかりですよ、と話しかけてくる。与市とは船宿・川政《かわまさ》の船頭だ。伝次郎もよく知っている男である。おそらくさっき店を出て行った男が、そうだったのだろう。

店は暇らしく、客は英二ひとりだった。酔っている英二は、愚にもつかぬことを話しかけてくる。伝次郎が適当に応対していると、千草が酒を運んできた。

「変わったことはないか？」

酌を受けながら、口許に笑みを浮かべている千草を見る。

「変わったことなんてありませんわ。伝次郎さんがめずらしく、三日も来なかったことぐらいかしら……」

千草は半分嫌みを込めていう。

「なんだか忙しくてな。明日も早く客を迎えにいかなきゃならねえ」

変に勘繰《かんぐ》られないためにいったのだった。

「忙しいことはいいことです」

千草は少し酒が入っているらしく、目がわずかに潤んでいた。きめの細かい頬が、うす紅色に染まっていた。

「鰤《ぶり》を煮たんですけど、食べます？」

「もらおう」

千草が板場に下がると、伝次郎はまた安堵の吐息をついた。しかし、自分の家と千草のことが連中に知られている。いつどんな災いが降りかかるかわからない。それを避けるためにはどうしたらいいかと考えていると、千草が鰤大根を運んできた。

大きな鰤の切り身と大根を煮た定番料理だが、調味が絶妙なので、文句のつけようがない。酒と砂糖と醬油、そして味醂が鰤と大根にうまく染みこんでいた。

その料理を楽しみながら独り酒をやる。千草は酔っている英二の相手をして、そろそろ帰りなさいと勧めている。英二はもう一本つけろと駄々をこねるが、

「今夜はここまでにおしよ。またおかみさんに角《つの》が生えたらどうするの？　さ、おしまいおしまい」

といって、空の銚子を取りあげる。

「けッ、まったくケチなことをいいやがる」

「ケチで結構でござんすよ。飲みすぎて仕事できなくなるよりましでしょうに。毎朝頭が痛いっていってるのはどこの誰よ。さ、帰った帰った」

千草は強引に英二を立たせて、表に送りだした。いつものことである。

英二が帰ると、千草がそばにやってきた。嬉しそうな笑みを浮かべ、わたしもいただいちゃおうかしらといって、勝手に盃を持ってくる。伝次郎は酌をしてやる。

「今日、おれの知りあいだという男が来なかったか。長屋のほうにも来たらしいんだ」

「そうそう、それを話そうと思っていたんです。来ましたよ。伝次郎さんの知りあ

いだって。どちらのお知りあいかしらって聞くと、昔世話になったとおっしゃいました」

「名を聞いたか？」

「惣兵衛だといいましたけど、お知りあいなの……」

伝次郎は視線を外して、あの男だろう、とつぶやいて大根を口に入れた。

「今夜、あなたの家に行こうと考えていたの」

二人だけになると、千草はときどき「あなた」と呼ぶようになっている。

「悪いが、明日早いんだ」

「さっきそんなことといいましたものね。それじゃ迷惑ね」

千草は少しおもしろくなさそうな顔をした。

「それにしても、今日は疲れた。今夜は千草の家に泊まるか……」

「かまいませんよ」

とたん千草の顔に喜色《きしょく》が浮かんだ。

「それじゃ店を閉めないか。外は冷えているし、いい刻限だ」

「そうですね、それじゃそうしようかしら」

「そうしてくれ」

せがむような伝次郎の言葉を聞いた千草は、まばたきをして意外だという顔をした。

「あなたにしてはめずらしいことを。でも、そうしますわ」

千草は暖簾をしまうために、ひょいと立ちあがった。

二

「やめてください、やめて……」

長襦袢《ながじゅばん》を剝ぎ取るように脱がすと、白い乳房がこぼれた。肌は透《す》けるように白くつややかである。

誠士郎は力ずくでお民を押さえつけると、若い乳房に顔をつけ、襦袢の裾を割って太股に手をのばした。

「や、やめてください。いやッ、いやです」

お民は泣き顔で首を振り、両手で誠士郎の頭を押し返そうとする。太股に這《は》わせた手をいやがり、腰をひねって足を動かす。

「お民、もう観念しろ。悪い思いはさせない。いい子だから暴れるな」

誠士郎は顔をあげると、首を振っていやがるお民の口に吸いついた。お民はしっかり口を閉じ、激しく首を振る。この女はどうして、こうもあきらめが悪いのだろうかと、誠士郎はいささかあきれながらも、わずかに怒りを覚えた。

「いやいやっ、いやっ……」

お民は激しく体をくねらせて抵抗する。

「動くなッ」

強くいって、首を絞めるようにつかんだ。するとお民は動きを止めたが、怯えた目で誠士郎を見、ついでぽろぽろと涙をこぼしはじめた。誠士郎は押さえつけたまま、髷を乱したお民の顔を見つめる。

「泣くんじゃない。すぐにすむ」

「いやです。やめてください。堪忍《かんにん》です、堪忍してください」

涙をこぼしながら許しを請うお民の顔が、ねじれるように崩れた。全身を引き攣《つ》ったようにふるわせ、うちに帰りたい、うちに帰してくださいといって、泣きじゃくりはじめた。その声が次第に高くなる。

「ええいッ、泣くなッ！」

誠士郎は思いあまって、お民の頰を張った。お民は泣き止《や》みはしたが、凍りついた顔で、おぞましいものでも見るような目を誠士郎に向ける。まったく興醒《きょうざ》めである。

「もういい」

誠士郎はお民から離れると、裸の体に寝間着を引っかけてあぐらを搔き、煙草盆を引き寄せた。

「いつまでお預けを食わせれば気がすむ。素直にいうことを聞けば、苦しむことなんかないんだ」

誠士郎は煙管に火をつけて吸った。行灯のうすあかりに、紫煙が漂った。お民はしくしく泣きながら、半身を起こすと乱れた長襦袢を引き寄せ、身を包むように羽織った。

「去《い》ね。今夜はいい」

誠士郎が突き放すようにいうと、お民は泣きながら小さく頭を下げて寝間を出て行った。

「まったく……」

腹立ちまぎれに煙管を灰吹きに打ちつけた。

「松森さん」

廊下に声があった。なんだ、と邪険に返事をすると、

「惣兵衛ですが、喜左次がいないんです」

という。

「なぜいない？」

「それが昼間酒を買いに行ったきり、帰ってこないらしいんです」

「どういうことだ。いいから入れ」

惣兵衛が障子を開けて、恐る恐る入ってきた。

「へえ、これから伝次郎の家に行くとこなんですが、喜左次を誘おうとしたら見あたらないんです」

「やつはどこへ酒を買いに行ったんだ？」

「橋場町です」

誠士郎は宙の一点を凝視した。

(まさか、沢村伝次郎らに捕まったのでは……)

もし、そうならこの屋敷は、遅かれ早かれ見つけられるということだ。

「ほんとにいないのか……」

「へえ、いません」

誠士郎は宙に視線を短く泳がせてから、惣兵衛に顔を戻した。

「この屋敷に見張りは立てているな」

「日の暮れ前から代わりばんこでやってますよ。喜左次がいないんで、おれと伊蔵で行ってきますか……」

「できるか?」

「三人より、二人のほうが目立たねえでしょう」

「……ふむ、そうだな。よし、それじゃ伊蔵と二人で行ってこい。それから喜左次を探すように誰かに頼め。喜左次は酒好きだ。ひょっとすると、どこかの店に引っかかってるのかもしれぬ」

「へえ、それじゃ暇なやつに頼みます」

いた。

「うむ。惣兵衛、ぬかるな」
「まかしてください」
緊張気味のかたい表情で答えた惣兵衛は、匕首を呑んでいる懐を押さえてうなずいた。

誠士郎は惣兵衛が部屋を出て行くと、また煙管をつかんで火をつけた。火鉢にあたりながら、喜左次のことを考えた。

(なぜ、やつはいない……)

裏切って逃げるような男ではない。小仏《こぼとけ》宿からずっと自分についてきている従順な男だ。不平もいわないし、口も堅い。やつにかぎって、おれを見かぎることはない、そのはずだ。だとすればどういうことだ。

考える矢先に、沢村伝次郎の顔が脳裏に浮かぶ。たった一度しか会っていないが、伝次郎の顔と姿は誠士郎の頭に焼き付いている。

(まさか、やつの手に……)

そんなことはないはずだ、と胸の内で否定して、煙管を吸いつけた。今夜はしばらく起きていようと思った。

首尾よく惣兵衛と伊蔵が、沢村伝次郎を始末したという知らせを待ちたい。

「やつの命も今宵かぎり……」

我知らずつぶやきを漏らした誠士郎は、ふっと片頬に笑みを浮かべた。

三

伝次郎はそっと床を抜けだすと、千草を起こさないように物音も立てずに部屋を出た。

表に出るといきなり身をふるわせる寒気が身を包んだ。伝次郎は両手に息を吹きかけて、まだうす暗い道を辿った。

やはり千草を誤魔化すことはできなかった。昨夜、伝次郎は取りかかっていることを悟られまいと、千草の家に入るなり、そのまま押し倒して愉悦《ゆえつ》の中に埋没した。千草はいつものように敏感に応じ、すべてを伝次郎に預けてきた。そして伝次郎が果てるまで、千草は三度も絶頂に達した。

伝次郎はそのまま深い眠りにつくはずだった。そして、千草も。だが、ことを終えて満足した千草は、伝次郎の耳許でささやいた。

「嘘がへたね、伝次郎さんは」

「…………」

「忙しいのは他のことでしょう。だって、刀を持ってきたし、帯にも小柄が差してあったもの……」

伝次郎は迂闊《うかつ》だった自分に気づいたが、何もいい返さなかった。

「わかっているわ。あなたは自分の身に染みついている、同心の血をすすぎきれない。仕方ないわね、そういう人なんだから。人の道に外れた人間を許すことができない。わたし、そんな伝次郎さんが嫌いじゃない」

千草は指先で、伝次郎の鼻と口をゆっくりなぞりながらいった。

「でも、気をつけて。わたしのためにも、死んだりしちゃいやよ」

伝次郎は寝返りを打つと、千草を強く抱きしめた。


シャリシャリという霜柱を踏む音で我に返った伝次郎は、ハッと白い息を吐き、足を急がせた。本所深川は水路が多いので、町屋はいつものようにうすい川霧に包まれていた。

日の出前の町は静かである。もう少しあかるくならないと、鳥もさえずらない。ただ、屋根の上に止まっている鴉が、喉をつぶしたような声でひと声鳴いた。

自宅長屋の近くまで来ると、伝次郎は周囲に警戒の目を走らせた。蓮華党の手下がどこかで見張っているかもしれない。すでに自分の長屋は知られている。見張られていても不思議はない。だが、不審な影はなかった。そのことを十分確認してから、長屋に入った。そして戸口の前で立ち止まり、誰かが戸を開いた形跡がないか、家の中に人の気配がないか、神経を研ぎすました。これといった異常はなかった。

戸を開けて家の中に入る。そのまま足許の地面から、ゆっくり屋内に目を凝らす。昨日家を出たときのままだ。伝次郎はふーっと、細長く息を吐いて上がり框に腰をおろした。

蓮華党は自分のことを調べ、千草にも接触をはかっている。伝次郎はこれ以上の手間はかけられないと、強く思った。

八州吉らとの約束の時刻には早かったが、伝次郎は先に御用屋敷に行くことにした。喜左次の自白を迫らなければならない。しかし、それは御用屋敷で勝手にできることではない。伝次郎は一介の船頭である。小一郎の手先に過ぎない。

御用屋敷の門脇に冬枯れの欅《けやき》がある。枯れた枝が、夜明け前の空に亀裂を作っている。

一度襟をかき合わせて、門脇の扉を叩いて声をかけた。すぐに扉が開き、門番が顔をのぞかせた。伝次郎の顔を見ると、早いですね、といって屋敷内に入れてくれた。

「喜左次の様子はどうだ？」

「牢でおとなしくしています」

「会いたいが、無理だろうな」

「それは広瀬様がいらっしゃらないと……」

やはりそうかと伝次郎はあきらめて、玄関そばの小部屋に入った。屋敷雇いの手付が火鉢に火を入れ、茶の支度をしてくれた。

「茶は自分で淹れる」

伝次郎は断って下がらせた。

小部屋は殺風景で、しんしんと冷えている。火にあたりながら鉄瓶が湯気を吹くまで待つ。音松と八州吉がやってきたのは、伝次郎が茶を淹れたときだった。

「広瀬の旦那が喜左次の調べはまかせるといってくれました。又衛門を牢送りにしなきゃならない仕事があるんで、こっちに来るのは遅くなるそうで……」

「広瀬さんの屋敷に行って来たのか？」

「へえ、どうにも気になりましてね。まあ、新たにわかったことはありませんでしたが……」

「よし、すぐに喜左次の調べをはじめよう」

伝次郎は立ちあがると、音松をそこに待たせ八州吉を伴って牢に行った。

喜左次は寒さに震えながら、両膝を抱えて牢の隅に座っていた。牢前に立った伝次郎と八州吉を、鷲鼻から垂れている洟《はな》をすすってにらむように見てきた。

牢番に扉を開けさせると、伝次郎は中に入った。

「小仏の喜左次、気分はどうだ」

「…………」

「松森誠士郎や坂崎栄五郎を庇《かば》っても、いいことはない。楽になりたければ、知っていることを話すことだ」

「なにも知らねえよ」

「そうかい」

伝次郎は八州吉を振り返り、梯子《はしご》と水と縄を持って来いと命じた。

「何をするつもりだ」

梯子と水を取りに行った八州吉を見て、喜左次は怯えたようにいった。

「おまえから話を聞くのさ。ただ、それだけだ。飯は食ったか?」

「ああ、臭い飯だった」

「うまい飯を食いたきゃ、素直に白状することだ」

「へん……」

喜左次はそっぽを向いた。伝次郎は近づくと、片腕をつかみ取った。なにしやがる、と抵抗されたが、伝次郎は放さなかった。そのまま後ろにひねりあげ、もう一方の手をつかんで細引きで後ろ手に縛った。

八州吉がいいつけられたものを持って戻ってくると、伝次郎は喜左次を梯子に縛りつけ、そのまま逆さになるように壁に立てかけた。逆さになった喜左次は、吠えた。なにしやがんだ、放せ、地獄にいってもてめえをぶっ殺してやる……。

伝次郎はその顔に柄杓《ひしゃく》ですくった水をかけた。喜左次は口を閉じ顔を振る。最初の一杯が終わると、また休まずにちょろちょろと水をかけてやる。

「昨日はよく耐えた。今日はどこまで耐えられるかな」

伝次郎は無表情にいって、同じ作業を繰り返す。喚《わめ》いていた喜左次はそのうち、口を利かなくなった。ゆっくり垂らすように水をかけるが、それは目や鼻に入る。息を吸うために口を開ければ、口の中に入る。一見やわな拷問だが、そうではない。口の中に入った水を飲み、息を吐こうとすれば、そこに水が入る。水は否《いや》が応でも喉に入り、喜左次は咽《む》せる。喜左次が呼吸をするたびに、伝次郎は口に水をかける。

喜左次は飲みたくない水を飲み、次第に腹をふくらませる。伝次郎は様子を見て水を吐かせる。水は口と鼻からしたたり出る。苦しみは拷問を受ける当事者にしかわからない。水を吐き終わると、伝次郎はまた最初から同じことを繰り返す。次第に喜左次の呼吸が乱れ、泣きが入る。

「た、頼む、やめてくれ、下ろしてくれ……」

喘《あえ》ぎながら苦しそうにいうが、伝次郎は水をかけつづける。

「いう……いうから……」

ついに喜左次が音をあげた。

「なんでもいう。頼む、殺さねえでくれ……」

伝次郎は柄杓を持ったまま、冷え冷えとした目で喜左次を眺め、白状するな、と念を押す。

「いう……いうから……」

ごふぉごふぉと咳き込む喜左次を見た伝次郎は、梯子を横にして、縄をほどき、喜左次を座らせた。

「おまえの仲間はどこにいる？　その場所を教えるんだ」

「……塩入土手だ」

「塩入土手のどの辺だ？」

「橋場明神の西……もとはなんとかって旗本の屋敷だったたらしい」

伝次郎はハッとなって八州吉を振り返った。

「わかるか？」

そう聞く伝次郎にもぴんと来る家が頭に浮かんだ。

「その屋敷なら知っています。昨日前を通ったんですが、武家屋敷なので調べませんでした」

町奉行所は武士の調べは滅多にできない。小者の八州吉がその屋敷に立ち寄らなかったのはうなずける。

「仲間は何人だ？　嘘をいうな」

伝次郎は喜左次に顔を戻した。

「いまは十人です」

喜左次はすっかり観念したらしく、しょぼくれた顔でいった。

「松森は女を攫っているな」

「へえ、神奈川《かながわ》宿の旅籠《はたご》で攫ったおしまという娘と、千住で攫ったお民という娘です」

「二人だけか……」

「いまはそうです」

「もう一度聞くが、仲間は十人だな」

「そうです」

四

「松森さん……」

廊下から声がしたのは、雨戸の隙間に弱々しい朝の光が見えたときだった。

「誰だ？」

「惣兵衛です」

夜具を払って半身を起こした誠士郎は、入れといった。すぐに惣兵衛が入ってくる。

「やったか」

誠士郎は真っ先に聞いたが、惣兵衛は首を横に振った。

「やつの家でずっと待ったんですが、戻ってきませんでした。それで、千草って女の店に行ったんですが、早仕舞いしたのか休みなのかわかりませんが、店は閉まっておりまして……」

誠士郎は落胆のため息をついた。

「それで喜左次なんですが、見つからないそうです」

「なに、まだ帰ってきておらぬのか」

「そうらしいです」

「おかしいではないか……」

誠士郎は宙の一点を見据えた。喜左次は捕まったのかもしれない。又衛門はこの屋敷のことは知らないが、喜左次は知っている。もし、喜左次が口を割ったら。いや割っていたら……。そこまで考えて、こうしている場合ではないと思った。

「惣兵衛、仲間を叩き起こすんだ。伝次郎たちがやってくるかもしれぬ」

「まさか……」

「まさかじゃない、みんなを起こすんだ。急げ」

誠士郎は立ち上がると、急いで身支度にかかった。

寝間を出て表座敷に行くと、栄五郎がやってきた。それから桑原平十郎と山口龍三郎があらわれ、つぎつぎと手下たちが表座敷に集まってきた。

「みんな聞け」

誠士郎は仲間を眺めていった。

「又衛門が捕まったのは知っていると思うが、喜左次も捕まったようだ」

「ほんとうですかい」

乱ぐい歯の吉蔵が、目をまるくして仲間と顔を見合わせた。

「喜左次は昨日橋場に酒を買いに行ったきり帰ってこない。探しに行ったが見つからなかった。そうだな」

「へえ、どこにもいませんで……」

喜左次を探しに行った仲間のひとりが答えた。

「おそらく捕まっている。やつはおれや仲間を裏切って逃げるような男じゃない。捕まったと考えていいだろう。口は堅いが、町方の拷問を受けていれば、そのうちおれたちのことを話してしまうだろう。いや、もう話しているかもしれぬ。そしてこの屋敷もわかっているかもしれぬ」

「どうするんです……」

平十郎だった。

「逃げるのも手だが、おれたちを追っているのは四人だ。もし、四人でやってくるなら始末して闇に葬る。だが、捕り方を仕立てているかもしれぬ。そのときは逃げる」

「それじゃ待ち伏せするんで……」

惣兵衛だった。

「うむ」

「追ってくる四人を始末しても、喜左次がなにもかもしゃべっていたら、逃げられはしませんぜ。ずっと追われることになっちまうんじゃ……」

不安げな顔でいうのは、とぼけ顔の伊蔵だった。

「江戸には隠れる場所が腐るほどある。田舎に引っ込んでも稼ぎはできぬ。それを考えるなら、江戸に残っていたほうがいい。だが、捕り方が仕立てられているようなら、一度逃げる。ほとぼりが冷めるのを待って、立てなおす。おれはおまえたちに損をさせるつもりはない。楽な暮らしをしたければ、おれについてこい。捕まるのが怖いなら、いまここを出ていけ」

全員が黙り込んだ。誠士郎はみんなの顔をゆっくり見まわす。

「おれは松森さんに付き合うぜ。田舎に行ったっておもしろいことなんてねえからな」

仙太郎《せんたろう》という男だった。

「それもあるが、おれたちゃ仲間を殺されてるんだ。それを忘れちゃならねえ。あの沢村伝次郎ってやつを生かしておくわけにはいかねえだろう」

定五郎《さだごろう》が鼻の穴を広げて、興奮気味に声を発した。そうだ、そうだと仙太郎が同意する。

「よし話は決まった」

「兄貴、おもしろくなったじゃねえか」

栄五郎だった。

「遊びじゃないんだ。あくまでも相手が四人なら、始末をするというだけだ」

「捕り方なんか来ませんよ」

そういうのは平十郎だった。なぜ、そういえる、と龍三郎が訊ねる。

「捕り方は、たしかなことがわからないかぎり仕立てられない。つまり、喜左次がしゃべったとしても、まずはこの屋敷を調べに来るはずだ。そして、喜左次のいったことが嘘でないとわかったときに、初めて捕り方が揃えられる。それが御番所のやり方だ」

「すでに調べられていたら……」

「いえ、それはないはずです。昨夜、おれたちゃ代わりばんこで見張りをしていたんです。この屋敷に近づいてきたやつなんか誰もいませんでした」

小男の百助《ひゃくすけ》が自信ありげにいった。

「よし、とにかく待ち伏せをする。喜左次が捕まっていれば、必ず沢村伝次郎たちはやってくるだろう。これから待ち伏せの場所を決めて、やつらを待つ」

そういった誠士郎は、おしまとお民の部屋に向かった。誠士郎に従順なおしまに監視されているお民は、めったなことでは逃げられない。もし逃げるようなことがあれば、おしまがすぐ知らせに来ることになっている。

「おしま、お民、起きていたか」

二人の女は夜具を片づけたばかりだった。

「冷や飯が残っているはずだ。それでにぎり飯を作れ。それからおれたちはしばらくこの家を留守にする。帰ってくるまでおとなしく待つんだ。よいな」

おしまが無言でうなずく。お民は相変わらず怯えた目を向けてくるだけだ。

「お民、わかったな」

じっと見据えていうと、お民は形のよい口を動かして、わかりましたと、蚊の鳴くような返事をした。

五

伝次郎は橋場之渡しにある御上がり場に舟をつけたところだった。森蔵が先に飛び降りて舫を雁木《がんぎ》の棒杭につなぐと、音松、八州吉、そして伝次郎の順で桟橋《さんばし》にあがった。

あたりはうすい霧に包まれていた。東の空に点々と浮かぶ白い雲を、昇りくる朝日が黄金《こがね》色に染めていた。

風は身を切るように冷たく、吐く息が白かった。野路には霜柱が立ち、藪の中で鳥たちが小さくさえずっていた。

蓮華党の根城は塩入土手に入ってすぐ右側にある屋敷だ。すぐに武家屋敷だとわかる建物で、長い土庇《つちびさし》を備えた唐破風《からはふ》造りの門を構えていた。

伝次郎を先頭に、四人は思川沿いの道を辿る。雲の隙間を抜けてきた朝日が、ようようとあたりをあかるくし、霧を晴らしてゆく。黒く見えていた冬枯れの木々も朝日を受けて、その身をさらしている。

伝次郎は周囲に警戒の目を光らせている。相手は喜左次が捕まったことをすでに知っているかもしれない。知らないとしても、捕まったものと考えれば、見張りを立てている可能性は十分にある。もしくは逃げたか。答えは二つにひとつだ。

伝次郎はそばにいる仲間を一度振り返った。

「気をゆるめるな」

注意を与える伝次郎は、気を引き締めていた。千草のためにも命を落とせないが、いざとなったとしても、この三人は守らなければならない。

やがて田園地帯が眼前に広がってき、塩入土手も目に飛び込んできた。このあたりはかつて石浜《いしはま》と呼ばれた地で、海に近かったらしく、塩入土手は水害を防ぐために造られた堤防だという。いまは田圃道だが、なるほど少し高くなっている。土手端には柳や櫨《はぜ》や辛夷《こぶし》の裸木が見られた。

みんなは塩入土手に入った。目ざす屋敷まで二町とない。そして蓮華党が隠れ家にしている屋敷の屋根が見えた。黒い甍《いらか》が朝日を照り返し、屋敷内に植えられている銀杏《いちょう》と榎《えのき》が見えた。それらは葉を落としているが、そばにある松の木は青々としている。

「八州吉、森蔵、おまえたちはここで待て」

伝次郎は二体の地蔵仏の前で立ち止まった。

「おれと音松はあの屋敷の裏にまわり込む。なにかあったら呼子《よびこ》を吹け」

「承知しました」

「身を隠すんだ。なにがあるかわからん」

伝次郎は土手下の藪を見ていった。いわれた八州吉と森蔵は、土手を下りて小楢のある藪に向かった。伝次郎と八州吉も少し行った先の土手を下りた。

「旦那、誰もいなかったらどうします?」

音松が後ろから声をかけてくる。

「いなかったら喜左次が嘘をついたということだ。そのときはもう一度喜左次に拷問をかける」

だが、その必要はないと伝次郎は思っていた。喜左次はすっかり観念していた。音をあげていった言葉に嘘は感じられなかった。屋敷に誰もいなかったら、連中は危機を察知して逃げたということだろう。

「それにしてもやつらも抜け目がありませんね。旦那の家を見つけていただけでなく、千草さんにも声をかけているんですから」

「音松、しゃべるな。やつらが見張っているかもしれん」

「へい」

音松はひょいと首をすくめて口を閉じた。

屋敷の裏にまわり込むと、木立の中に身をひそめて、あたりに警戒の目を光らせ、しばらく様子を見た。

「来ましたぜ」

誠士郎のもとに吉蔵が腰を低くしてやってきた。

「何人だ？」

「四人です。船頭の伝次郎がいます」

「どこだ？」

「伝次郎と小太りが屋敷の裏にまわりました。あとの二人は屋敷の南にいます。地蔵のある土手の下あたりです」

　誠士郎は忍冬の藪をそっと掻きわけて、塩入土手と屋敷の向こうにある林に目を向けた。

「向こうにいる仲間は気づいているんだな」

「そのはずです」

「伝次郎は屋敷の裏だな」

「へえ」

「栄五郎をここに呼べ。おまえは平十郎と龍三郎のところへ行って、捕り方がいないかどうかもう一度たしかめるんだ」

「たしかめたらどうします」

「すぐ戻ってこい」

「わかりやした」

　誠士郎は吉蔵が去ると、葭の藪に隠れている仲間のほうを見た。それから一方の竹林にも目を向けた。そこにも仲間がひそんでいる。

　風が吹き、竹林を揺るがしてざわめく音を立てた。空をわたってゆく鴉が羽音を立てて隅田川のほうに去っていった。

「来たらしいな。四人だというじゃないか」

栄五郎がそばに来た。

「捕り方がいるかどうか、いま確かめさせている。いなかったら遠慮はせぬ」

「相変わらず用心深いな」

「油断をしてどじるよりいいだろう」

「まあな」

答えた栄五郎は懐から竹の皮包みを開いて、食いかけのにぎり飯を頰ばった。

そのとき、ピーッと、空に笛の音が広がった。

誠士郎が目を瞠ったとき、吉蔵が白い息を吐きながら戻ってきた。

「捕り方はいません」

「いまのはなんだ？」

「伝次郎の仲間が吹いたんです」

「よし、皆殺しにするんだ」

誠士郎は勢いよく立ちあがると、腰の刀をすらりと抜いた。

六

屋敷裏の木立で、音松と一緒に身をひそめていた伝次郎は、呼子の音を聞いてピクッと、太い眉を動かした。双眸を鷹《たか》の目にして、数間先まで駆けた。土手を走る男の姿があった。そして、葭の藪から飛びだす蓮華党の男が二人。

伝次郎は待ち伏せされていたことに気づいた。

「いかん」

と、刀を抜きながら駆けた。音松が後ろから追ってくる。

屋敷をまわり込んだとき、森蔵と八州吉が、蓮華党の手下四人を相手にしているのが見えた。ひとりは侍だ。一度伝次郎が叩き伏せた桑原平十郎だった。

伝次郎は駆けながら忙しく頭の中でいろんなことを考えた。自分が死ぬわけにはいかないが、森蔵と八州吉も死なせるわけにはいかない。

相手は十人。自分ひとりで片づけられるかどうかわからない。だが、やるしかなかった。

「音松」

「はいッ」

「八州吉と森蔵を逃がしたら、おまえはすぐに橋場町の番屋に駆けろ」

「旦那は？」

「おれはやつらの足を止める」

「相手が多すぎます」

「やるしかない」

伝次郎は駆けながら襷をかけ、手ぬぐいで鉢巻きをした。蓮華党は森蔵と八州吉に殺到している。劣勢な二人は土手に逃げはじめた。それを追って四人が追いかける。さらに、一方の木立からも駆けてくる男たちがいた。

伝次郎は駆けながら、帯に差していた小柄をひとりの男に投げた。距離がありすぎて、小柄は男の脇をすり抜けた。さらにもう一本投げた。

今度はひとりの男に命中した。肩に小柄を受けた男は悲鳴をあげて、土手を転がり、すぐ後ろにいた男にぶつかった。

伝次郎はさらに小柄を投げた。しかし、それも命中しなかった。もう一本投げようとしたが、それは鉢巻きに差して、横合いから撃ちかかってきた男の胴を抜いた。

「うぎゃー！」

脾腹《ひばら》を横薙《よこな》ぎにされた男は、獣じみた悲鳴をあげて大地を転げまわった。伝次郎は土手上に駆けあがった。八州吉に撃ちかかっていた男の刀を撥ねあげると、八州吉と相手の間に立った。青眼に構えて相手の攻撃に備える。

「八州吉、逃げるんだ。ここはおれにまかせておけ」

「しかし、旦那」

「いいから行けッ！」

叱咤《しった》したとき、目前の敵が上段から撃ちかかってきた。伝次郎は体を開きながら、相手の斬撃をかわし、すかさずその背中に刀を浴びせた。血飛沫が朝日を照り返しながら飛び散り、相手は絶叫をあげながら俯せに倒れた。

「こんちくしょ！」

怒鳴り声を発したのは森蔵だった。十手で相手——それは、桑原平十郎だった——の刀を受けて、押し返そうとしていた。気づいた伝次郎は、背後から桑原の肩をつかむなり、引き倒した。

「森蔵、逃げろ。相手が多すぎる。音松、なにをしているッ！　八州吉と森蔵を連れて下がるんだ」

伝次郎が鬼の形相で怒鳴ったとき、引き倒された桑原平十郎が立ち上がって斬りかかってきた。撃ち込まれた刀を右に受け流して、柄頭を顔面に叩きつけてやった。ぐしゃっと、奇妙な音と同時に桑原の鼻から血が噴きこぼれた。さらに伝次郎はその鳩尾に鉄拳をめり込ませた。

「ううっ……」

桑原は踊るように一回転して膝から崩れ落ちた。

そのとき、六人の男たちが塩入土手の上にあがっていた。伝次郎たちを挟み込むように、北に三人、南に三人。

「はッ」

伝次郎は大きく息を吐いて臍下《せいか》に力を込めた。

朝日はすっかり昇っていた。土手の上に立つみんなの影が濃くなっている。

「いいから逃げるんだ。何度もいわせるな」

伝次郎は両側から詰めてくる男たちの動きに注意しながら、三人の仲間に命じた。

「おりゃおりゃ、おりゃー！」

真っ先に飛び込んできたのは、侍だった。蓮華寺裏の家で会った浪人だ。伝次郎が撃ち込まれた刀を、左にすり落とすと、たたらを踏むようにして片膝をついた。

眉間にしわを寄せ、細めた目をぎらつかせた。

「くそッ」

地を蹴って刀を振りあげた浪人は、伝次郎に撃ちかかってはこなかった。そばにいた八州吉に斬りかかったのだ。

伝次郎は八州吉を守ろうとしたが、一瞬の差で間に合わなかった。

「うっ……」

八州吉は右腕を斬られていた。傷口を左手で押さえたが、指の間から血がにじみ出てこぼれていた。さらに浪人は八州吉を狙って斬りかかった。

その一撃を伝次郎は撥ね返すと、躊躇いもなく袈裟懸けに斬り捨てた。

「ぎゃあー！」

浪人は断ち斬られた胸を真っ赤に染めて仰向けに倒れた。

「退《ひ》けッ、退くんだ！」

怪我をした八州吉を庇うように立った伝次郎は、じりじりと後ずさりながら仲間を土手下に誘導した。音松が八州吉を庇うように肩を抱いていた。森蔵は十手で相手を威嚇しながら一歩、また一歩と土手下に向かう。

「沢村伝次郎……」

一歩前に出てきたのは、人相書を見てすっかり頭に刻み込まれている坂崎栄五郎だった。

土手上から伝次郎をにらみ下ろしてくる。五尺八寸の上背があるだけでなく、着物の上からでも肩の筋肉が隆《りゅう》としているのがわかる。

伝次郎は立ち止まって、火花を散らすように栄五郎とにらみあった。音松たちが土手下に下りたのがわかった。土手上に残っているのは五人である。

「惣兵衛、吉蔵、やつらを逃がすな」

手下に命じたのは、松森誠士郎だった。指図を受けた二人が土手下に向かって駆け下りた。栄五郎とにらみあっていた伝次郎は、さっとそっちを見ると、音松たちを助けるために駆けた。

吉蔵が長脇差で斬り込んでいった。森蔵が十手で受けて、蹴り返した。吉蔵は尻餅をついてすぐに立ちあがったが、惣兵衛という男がすぐに森蔵に撃ちかかっていった。

その刹那《せつな》、伝次郎は小柄を投げた。一直線に飛んでいった小柄は、惣兵衛の背中に突き刺さった。

「あうっ」

惣兵衛は刀を振りあげたまま、胸を突きだすようにして片膝を折った。そこへ森蔵の十手が肩口に振りおろされたので、惣兵衛はごつごつした黒い顔を真っ赤にして土手下に倒れた。

「早く行け」

伝次郎は森蔵たちを急き立てた。

「この野郎ッ！」

無謀にも斬りかかってきたのは、尻餅をついていた吉蔵だった。伝次郎は半身をひねってあっさりかわし、右八相に構えた。

吉蔵がハッと驚いた顔で立ち止まった。斬るな、とふるえ声を漏らす。伝次郎は間合いを詰めた。吉蔵は乱ぐい歯を剥きだしにした口の端に、あぶくのようなつばを溜めていた。

「やめろ。斬らねえでくれ」

さらに間合いを詰める伝次郎は、吉蔵が逃げると思っていた。ところがとち狂ったように長脇差を振りまわして斬りかかってきた。だが、ものの相手ではなかった。二度三度、長脇差を撥ね返すと、引いた刀をすかさず振りあげて、吉蔵の胸を逆袈裟に斬った。

「あぎゃー！」

吉蔵は断末魔の悲鳴を発しながら大地に倒れた。

「沢村伝次郎、おれが相手だ。あがってこい！」

土手の上から栄五郎が声をかけてきた。伝次郎はさっと栄五郎を見あげた。朝日を背にした栄五郎は黒い影になっていた。

七

「伊蔵、やつらを……」

松森誠士郎が伊蔵という手下に顎を振った。いわれた伊蔵はそのまま、後退している音松たちの退路を塞ぐために駆けた。

それを見た伝次郎は、小柄を投げた。あたらなかった。また投げた。これもあたらなかった。そして、もう一本投げた。それは伊蔵の腕をかすった。

一度伝次郎を振り返ったが、傷は浅かったらしくそのまま土手を駆け下りると、音松たちの前に立ち、長脇差を構えた。

森蔵と音松が、負傷している八州吉を庇って、前に立った。音松は棍棒。森蔵は十手である。助に行かなければならない伝次郎だが、捕まえなければならない栄五郎と誠士郎が目の前にいる。伝次郎は伊蔵のことを、音松と森蔵にまかせることにして、ゆっくり土手を斜めに登っていった。

枯れ草を踏みしめ、荒れた息を整えながら、栄五郎の動きに注意した。

「栄五郎、ぬかるな」

誠士郎が声をかける。栄五郎は無言でうなずき、口の端《は》に冷笑を浮かべて伝次郎を凝視していた。

伝次郎が土手にあがったとき、土手下で悲鳴がした。ハッとなってそっちを見ると、森蔵と音松が伊蔵を組み伏せて、打ち叩いていた。

伝次郎は栄五郎に視線を向けなおした。

「きさま、できるらしいな」

栄五郎がゆっくり間合いを詰めてくる。まだ、刀は腰に差したままで、鯉口《こいぐち》も切っていなかった。伝次郎は足を止めて仁王立ちになった。乱れた髷《まげ》が風に揺れ、汗が少しだけ引くのがわかった。

栄五郎が刀の柄に手を添えた。鯉口を切った。のぞいた刀身が、キラッと日の光をはじいた。伝次郎はゆっくり青眼に構え、静かに息を吐いた。

栄五郎が間合いを詰めてくる。えらの張った顔にぶ厚い唇。濃い眉の下にある双眸は、凶悪な光を帯び、全身に人を斬るという意志が感じられる。対戦者を圧倒するその迫力は尋常でない。

伝次郎は噂どおりの男だと思った。だが、怯んだり相手の迫力に負けたら、もう勝負はそこでついている。

伝次郎は右下方に向けていた剣尖をゆっくりあげて、青眼の構えを取った。剣尖を中段に取ることにより、攻防一体の構えとなる。

栄五郎は間合い二間で立ち止まった。爪先で地面を探るように動かして右足を前に出し、左足の踵《かかと》をわずかに浮かした。二人の間を風が吹き抜け、乾いた地面に積もった土埃が払われた。

栄五郎はニヤッと口の端に笑みを浮かべるやいなや、抜き様の一刀で撃ち込んできた。それは、電光石火の早業だった。

まさに一瞬のことで、伝次郎はどうやって撃ち込まれたのかわからなかった。斬られなかったのは、栄五郎の利き足に力が入った瞬間、間合いを外したからだった。しかしながら、空《くう》を切り裂く太刀の音は尋常ではなかった。

伝次郎が下がって自分の間合いに入ろうとした瞬間、栄五郎が鋭い突きを送り込んできた。牽制の突きだとわかった。ところが、同時に足を飛ばして腹を蹴ってきた。

「うっ……」

虚をつかれた伝次郎は、腹部に鈍い痛みを感じ、右にまわり込んだ。そこへ栄五郎が袈裟懸けの一刀を見舞ってきた。腹に痛みを抱えた伝次郎の体はうまく動かなかった。それでもなんとか半身をひねってかわしたが、肩口をうすく斬られていた。

痛みは感じないが、血がにじみ出るのがわかった。苦戦である。さらに右にまわり、栄五郎の攻撃を遅らせようとした。だが、栄五郎はそれを許さなかった。

「とおッ!」

裂帛《れっぱく》の気合いとともに、宙に舞い、大上段から唐竹割りに撃ち込んできたのだ。受けきれるものではなかった。伝次郎は左へ転ぶように逃げた。即座に立ち上がって、つぎの攻撃に備えたが、そのときには栄五郎が体を寄せてきていた。

伝次郎はとっさに突きを見舞った。鍔元でかわされ、柄頭で顔面を打ちにきた。伝次郎は上半身をひねってかわした。

転瞬、身を翻して右八相から撃ち込んでいった。やっと攻撃に転じることができたが、あっさりすり落とされ、体勢を崩した。膝をつきそうになったところへ、栄五郎の一撃が肩口を狙って撃ち込まれてきた。

伝次郎は横に飛んだ。土手の斜面だったので途中まで転げ落ちた。両膝をついて振り返ると、栄五郎が土手上で仁王立ちになっていた。来い、と顎をしゃくって誘う。

伝次郎は片腕で汗をぬぐい、荒れた呼吸を整えながら斜面を登った。肩が激しく動いている。頭の隅で死を意識したが、必死に振り払った。

（こんなところで死ねるか）

胸の内で自分を叱咤し、勇を鼓舞した。

土手の上に戻った。大きく息を吸い、吐いた。栄五郎が間合いを詰めてくる。栄五郎に呼吸の乱れはない。伝次郎は、相手を倒すためならどんな手でも使うのが、栄五郎だということを思い知った。

刀をゆっくりつかみなおした伝次郎は、自ら間合いを詰めていった。栄五郎も詰めてくる。伝次郎は右足を前に飛ばして、刀を振りあげた。胸元をがら空きにした恰好だ。栄五郎が懐に飛び込むように斬り込んできた。横腹を薙ぎ払うように刀を振る。

伝次郎はその瞬間、体を横にひねった。脇腹を栄五郎の刀がかすめる。伝次郎は片膝を地についた。即座に振り返った栄五郎が、上段から撃ち込んでくる。伝次郎は右手を素早く動かした。小柄を投げたのだ。

伝次郎の肩口を栄五郎の刀がすり抜けていった。そして、栄五郎の体も。伝次郎は立ち上がった。栄五郎が振り返った。伝次郎の投げた小柄が、右目に突き刺さっていて、顔の半分を血だらけにしていた。

片目を失った栄五郎は狼狽していた。伝次郎は一切の躊躇いを捨て、栄五郎の腹を叩きにいった。ドスッと鈍い音。棟打《むねう》ちにした音だった。

「むぐッ……」

伝次郎が残心《ざんしん》を取ったとき、栄五郎は片膝をつき、ゆっくり前に倒れていった。

「き、きさま……」

驚いたように声を漏らして後ずさりするのは、松森誠士郎だった。伝次郎はハアハアと荒い呼吸をしながら、誠士郎を見た。

(こやつを逃がしてはならない)

伝次郎がそう自分にいい聞かせたとき、誠士郎が背を向けて駆けだした。伝次郎はねじり鉢巻きに挟んでいた小柄を抜くと、素早く投げた。手を離れた小柄は、誠士郎の腰のあたりに突き刺さった。

「あわっ……」

誠士郎はそのままつんのめるようにして前に倒れた。伝次郎は素早く近づいた。誠士郎が顔をしかめて、腰に刺さっている小柄を抜いたとき、伝次郎はその首に刀の刃をあてがっていた。

「松森誠士郎、ここまでだ」

八

蓮華党を崩壊させた伝次郎は、いつものように自分の猪牙を山城橋から出したところだった。塩入土手の戦いから二日後のことだ。

伝次郎はやむなく、三人を斬っていたが、他の七人は怪我の程度の差はあるが、命は取り留めていた。その七人を伝次郎たちは、高手小手《たかてこて》に縛りあげ、広瀬小一郎の指揮のもと駆けつけてきた捕り方に身柄を預けたのだった。

また、一味の隠れ家になっていた屋敷には、攫われたお民とおしまという娘がいた。その二人も調べを受けるために、御用屋敷に預けられていた。

山城橋の舟着場を出た伝次郎は、竪川に出ると、二ツ目之橋のたもとで舟を止めて河岸道にあがった。河岸半纏に股引といったいつもの船頭の形である。

空はからっと晴れわたっている。雲ひとつない天気で、冬のわりには陽気のいい日だった。伝次郎が本所亀沢町の角を曲がったときだった。御用屋敷の前に大勢の人だかりがあった。手甲脚絆に鉢巻きという物々しい恰好をした小役人の姿もある。

伝次郎が近づいて行くと、野次馬の中から森蔵が飛びだしてきた。

「大方調べがすんだようで、これから大番屋にやつらを連れて行くところです」

森蔵は馬面をゆるめていう。

「そうか、あらかたすんだか。それはよかった」

伝次郎がそういって御用屋敷の門に目を向けると、腰縄をつけられ後ろ手に縛られた松森誠士郎らがつぎつぎと出てきた。坂崎栄五郎の顔もあれば、桑原平十郎や惣兵衛の顔もあった。ひとりひとりには、小役人が二人ずつついていた。

そして、小一郎が八州吉といっしょに出てきた。小一郎はまだ副木《そえぎ》をつけた片腕を晒で吊っていたが、怪我をした八州吉はもう平気な様子だ。

「伝次郎、此度《こたび》は世話になった。このとおり礼をいう。おまえのおかげで、これでなにもかも無事にケジメをつけられた。もっともまだすべての調べが終わったわけじゃねえが」

「ご苦労様です」

「おいおい、そんなことというんじゃねえよ。手柄はおまえが立てたんだ」

「いえいえ。おれは助をしただけです。それでいいじゃないですか」

「きさま……」

小一郎が強くにらんできた。だが、すぐに頰をゆるめた。

「おまえには頭があがらなくなった。だが、これからもよろしく頼むよ」

「広瀬さん、それは勘弁してください。おれはもうこういった調べには……」

「いやいや、おれは頼りになるやつを放しはしねえよ。だけどまあ、おまえにはすっかり借りを作っちまった。無理なことはいわねえさ」

「そう願います。それよりお民は……」

昨日、伝次郎はお民は明日の朝にも放免になるだろうと聞いていた。だから迎えに来たのだった。

「お民もおしまも自由の身だ。安心しな。それじゃおれは、この悪党どもを大番屋に送って行く。またあらためて礼はしよう」

「そんなことは気にしないでください」

伝次郎がいい終わる前に、小一郎は背を向けて連れていかれる者たちのほうへ歩き去った。それからすぐに、縄をかけられた栄五郎や誠士郎たちが一列になって動きはじめた。野次馬たちがそれを見送っていると、御用屋敷の表にお民が姿を見せた。おしまも一緒だ。

「沢村様……」

お民が澄んだ瞳を向けてきた。

「よかったな無事で……」

「はい」

お民は深々と礼をする。おしまもそれに倣《なら》って頭を下げた。

「おしま、おまえは家に帰るそうだが、ひとりで大丈夫か？」

「品川に親戚がいますので、今日はその家で世話になります」

「さようか。気をつけて行くんだぜ」

「はい、ありがとうございます」

晴れない顔をしているおしまだが、いつも表情に乏《とぼ》しいようだ。一昨日も蓮華党から解放されたというのに、さほど嬉しい顔はしなかった。もっとも伝次郎たちに感謝をしているらしく、何度も礼をいいはしたが。

品川の親戚の家に行くというおしまが去ると、伝次郎はお民を自分の舟に案内して乗せた。実家に連絡をして迎えに来てもらえばよかったのだが、お民の放免がいつになるかはわからなかった。はっきりしたのは昨夜遅くだった。

舟に納まったお民はきちんと正座をして、舟の向かう方角を眺めていた。伝次郎はその小さな背中をときどき見ながら、舟を大川に出した。そこから先は櫓に替えて、舟を遡上させた。

あかるい冬の日射しは、隅田川の川面をきらびやかに輝かせている。材木を積んだ筏舟《いかだぶね》が、すべるように擦れちがっていく。その波を受けた猪牙が小さく揺れると、お民は舟の縁をつかんだ。

「お民、大丈夫だ。落としはしない。安心して乗っていな」

声をかけられたお民が振り返って、小さく微笑んだ。

「おとっつぁんが探しに来てくれていたんですね。昨日、町方の旦那さんから聞きました」

「おまえのことを大層心配していた。おっかさんも首を長くして待っているはずだ。それに、二人ともまだおまえが助かったことを知らないから、さぞや驚くだろう」

「へえ……」

伝次郎は小さくうなずくお民に微笑みを投げた。それからは一心に櫓を漕いだ。ギィギィという軋む音が、ギッシギッシと力強くなった。櫓を漕ぐたびに、伝次郎の二の腕の筋肉が隆起し、舳が波を掻きわけ、舟がすいっすいっと進む。

千住大橋の下についたのは、それから間もなくのことである。伝次郎はお民を先に舟から降ろすと、店まで一緒についていってやった。

お民の実家である乾物屋・浜口屋は、千住大橋の北詰から半町ほどのところにあった。紫暖簾が風に揺れ、店前に商品の入った幾種類もの笊《ざる》が並べてあった。

「ただいま」

お民が店の土間に入ると、帳場で煙管をくゆらしていた父親の助次が、目をまるくして飛びあがらんばかりに立ちあがった。

「お民、無事だったのか……」

お民が目に涙をためてうなずくと、助次は奥に向かって声を張った。

「お杉《すぎ》、お杉、お民が帰ってきた！」

すぐに下駄音がして、お民の母親・お杉が土間にあらわれた。自分の娘を信じられないような顔で見て、「はッ、無事だったんだね」というと、駆け寄ってきてお民の肩をひっしと抱いた。

「もうだめじゃないか、見つからないんじゃないか、帰ってこないんじゃないかって……あきらめかけていたんだよ。それでも毎日、裏のお宮に願《がん》掛けに行っていたんだよ。体はなんともないかい、悪さをされなかったかい……」

お民は母親の呼びかけに、いちいちうなずきながら涙をこぼし、「大丈夫だから」「なにもされなかったから」と、ふるえ声を漏らした。

親子三人はしばらくお民の無事を喜びあっていたが、助次が伝次郎に気づいて、

「お世話をおかけしたようで、このとおり礼を申します。眠ろうにも眠れない日がつづき、もうだめかもしれない、とあきらめかけていたんです。でも、ようございました。あっしは、必ず助けてやるとおっしゃった伝次郎さんの言葉を信じて、今日か明日かと……」

と、途中までいって、噴き出る涙を片腕でしごいた。

「とにかく、よかった。こうやってまた親子三人が会えたんだ」

「へえ、伝次郎さんのおかげです。おい、お杉、お民、ちゃんと礼をいわねえか」

助次の声で、抱きあっていた母娘が、涙を拭きながら伝次郎に体を向けた。

「おいおい、大袈裟なことはよしてくれ。おれはお民を送ってきただけだ」

「いいえ、わたしを助けてくれたのは伝次郎さんです。伝次郎さんがおられなかったら、わたしはまだあのひどい男たちに……」

お民はまた泣きはじめた。

「とにかく約束は果たした。助次、それじゃおれはこれで失礼する」

「あ、お待ちを……」

助次が慌てて追いかけてきたので、伝次郎は立ち止まった。

「もうなにもいわなくていい。おれはまるく収まっただけで満足しているんだ。それでいいじゃないか。こっちに来ることがあったら、そのとき寄らしてもらう」

「しかし、それじゃ……」

「悪いが、仕事があるんだ」

伝次郎は振り切って舟に向かった。途中で振り返ると、親子三人が深々と頭を下げていた。

「やれやれだ」

舟に戻った伝次郎は大きく息を吸い、棹で川岸を突いた。舟は勢いをつけて、すいっと川中に進んだ。

下りは流れにまかせればいいので楽だった。このまま仕事にかかろうかと考えたが、その前に千草に会おうと思いなおした。棹を川底に突き立てると、舟足を速めた。

つぎつぎと下る舟を追い越し、万年橋をくぐり抜けて、小名木川に入ると芝翫《しかん》河岸に舟をつけて陸にあがった。千草が買い物に出ていたら、会うのは今夜でもいいと思ったが、店の戸は開いていた。

そのまま店に入ると、板場で仕込みをしていた千草の顔があがった。

「伝次郎さん」

「ひょっとすると、留守にしているんじゃないかと思ったんだ」

「こんな早くに……。ひょっとすると〝仕事〟が片づいたんですね」

伝次郎はうなずいて小上がりの縁に腰をおろした。千草が前垂れで手を拭きながら板場から出てきた。

「終わった」

「はあ、よかった」

千草は胸を撫で下ろしながらいった。

「それで、話があるんだ」

「なんでしょう」

千草が近づいてくると、伝次郎は立ちあがった。一度息を吸い、視線を泳がせた。

「なに……」

「その、おれの家に来ないか」

千草の目が、はっと見開かれた。

「おれと一緒に住んでくれないか」

千草はしばらく伝次郎を見つめていた。そして、ゆっくり微笑みを浮かべると、
そのまま伝次郎の胸に顔を預けてきた。

「いいんですね。一緒に住んでも。ほんとうですね」

「こんなことを冗談でいえるか」

「嬉しい。ほんとよ」

千草が顔をあげて見つめてきた。

「受けてくれるな」

「ええ、喜んで……」

雲に隠れていた日が出たらしく、ぱあっと店の中があかるくなった。

光文社文庫

文庫書下ろし／長編時代小説

橋《はし》場《ば》之《の》渡《わたし》　剣《けん》客《きやく》船《せん》頭《どう》(十五)

著者　稲《いな》葉《ば》　稔《みのる》

2016年10月20日　初版1刷発行

発行者　鈴木広和
印刷　慶昌堂印刷
製本　ナショナル製本

発行所　株式会社　光文社
〒112-8011　東京都文京区音羽1-16-6
電話　(03)5395-8149　編集部
8116　書籍販売部
8125　業務部

© Minoru Inaba 2016

落丁本・乱丁本は業務部にご連絡くだされば、お取替えいたします。

ISBN978-4-334-77373-1　Printed in Japan

JCOPY　<(社)出版者著作権管理機構　委託出版物>

本書の無断複写複製(コピー)は著作権法上での例外を除き禁じられています。本書をコピーされる場合は、そのつど事前に、(社)出版者著作権管理機構(☎03-3513-6969、e-mail : info@jcopy.or.jp)の許諾を得てください。

組版　萩原印刷

本書の電子化は私的使用に限り、著作権法上認められています。ただし代行業者等の第三者による電子データ化及び電子書籍化は、いかなる場合も認められておりません。

どの巻から読んでも面白い!

稲葉 稔の傑作シリーズ

好評発売中★全作品文庫書下ろし!

「剣客船頭」シリーズ

(一) 剣客船頭
(二) 天神橋心中
(三) 思川《おもいがわ》契《ちぎ》り
(四) 妻恋河岸
(五) 深川思恋《しれん》
(六) 洲《す》崎《さき》雪《ゆきの》舞《まい》
(七) 決闘柳橋
(八) 本所騒乱
(九) 紅川《くれないがわ》疾走
(十) 浜町堀異変
(十一) 死闘向島
(十二) どんど橋
(十三) みれん堀
(十四) 別れの川
(十五) 橋《はし》場《ば》之《の》渡《わたし》

「研ぎ師人情始末」シリーズ

(一) 裏《うら》店《だな》とんぼ
(二) 糸切れ凧《だこ》
(三) うろこ雲
(四) うらぶれ侍
(五) 兄妹《きょうだい》氷《ひ》雨《さめ》
(六) 迷い鳥
(七) おしどり夫婦
(八) 恋わずらい
(九) 江戸橋慕情
(十) 親子の絆
(十一) 濡れぎぬ
(十二) こおろぎ橋
(十三) 父の形見
(十四) 縁むすび
(十五) 故郷《さと》がえり

光文社文庫

佐伯泰英の大ベストセラー！

吉原裏同心シリーズ

廓の用心棒・神守幹次郎の秘剣が鞘走る！

(一) 流離『逃亡』改題
(二) 足《あし》抜《ぬき》
(三) 見《けん》番《ばん》
(四) 清掻《すががき》
(五) 初花
(六) 遣《やり》手《て》
(七) 枕《まくら》絵《え》
(八) 炎上

(九) 仮《かり》宅《たく》
(十) 沽《こ》券《けん》
(十一) 異《い》館《かん》
(十二) 再建
(十三) 布石
(十四) 決着
(十五) 愛憎
(十六) 仇《あだ》討《うち》

(十七) 夜桜
(十八) 無宿
(十九) 未決
(二十) 髪結
(二十一) 遺文
(二十二) 夢幻
(二十三) 狐《きつね》舞《まい》
(二十四) 始末

佐伯泰英「吉原裏同心」読本
光文社文庫編集部編

光文社文庫

藤井邦夫

［好評既刊］

長編時代小説★文庫書下ろし

御刀番 左《ひだり》京之介

㈠御刀番 左京之介 妖刀始末
㈡来《らい》国《くに》俊《とし》
㈢数《じゅ》珠《ず》丸《まる》恒《つね》次《つぐ》
㈣虎《こ》徹《てつ》入道
㈤五郎正宗

乾蔵人 隠密秘録

㈠彼岸花の女
㈡田沼の置文
㈢隠れ切支丹
㈣河《こう》内《ち》山《やま》異聞
㈤政宗の密書
㈥家光の陰謀
㈦百万石遺聞
㈧忠臣蔵秘説

評定所書役・柊左門 裏仕置

㈠坊主金
㈡鬼夜叉
㈢見殺し
㈣見聞組
㈤始末屋
㈥綱渡り
㈦死に様

光文社文庫

大反響! 痛快捕物帖!!!

小杉健治

般若同心と変化小僧シリーズ

(一) 般若同心と変化小僧
(二) つむじ風
(三) 陰謀
(四) 千両箱
(五) 闇芝居
(六) 闇の茂平次
(七) 掟破り
(八) 敵討ち
(九) 俠気《おとこぎ》 文庫書下ろし
(十) 武士の矜持《きょうじ》 文庫書下ろし
(十一) 鎧櫃《よろいびつ》 文庫書下ろし

光文社文庫